我的櫻花戀人

桜のような僕の恋人

王蘊潔 譯

Keisuke Uyama

宇山佳佑 著

目錄

每當看到櫻花，就會情不自禁回想。

無論經過多少時間，都會情不自禁地想起妳。

美咲，那時候我無法為妳做任何事。

我既沒有發現妳的痛苦，也無法協助妳擺脫悲傷，我無能為力。

不，不光是這樣。

我傷害了妳。

那一天，妳看著我的背影，不知道心裡在想什麼。

即使現在，只要想到這件事，就覺得心如刀割。

但是，無論再怎麼後悔，都已經來不及了。

因為，妳已經不在這片春光中。

接下來我所能做的，就是一輩子都不忘記妳。這是我唯一能做的事。

所以，美咲，在往後的日子裡，每當看到櫻花，就會情不自禁想起。

想起只有短暫綻放，美麗而燦爛的……

想起我那像櫻花般的戀人——那就是妳。

第一章　春

剪刀發出歡快的節奏，仔細修剪著朝倉晴人的頭髮。

身後的美髮師手勢熟練，用指尖夾住他的頭髮，晴人的心臟噗通跳了一下，全身就像盛夏的太陽般發熱，可以感受到手掌冒著汗。晴人在剪髮圍布下用手掌放在牛仔褲上擦了擦，擦掉手心的汗水，然後偷偷從鏡子中注視她。

她一頭微鬈的淺色頭髮，寬鬆的橫條紋上衣，可愛的圓臉讓人聯想到貓。她專心的時候似乎習慣微微嘟起嘴。

——有明美咲。這是晴人暗戀對象的名字。

晴人聽著店內輕聲播放著披頭四的〈I Will〉，整張臉就像烤過頭的麻糬一樣快融化了。

有明小姐今天也太可愛了，到底是怎樣的基因搭配在一起，可以生出這麼可愛的女人？他很想感謝她的父母。

這時，美咲突然從鏡子中看著他，他頓時就像火箭發射一樣，差點從椅子上跳起來。

慘、慘了！被她發現我盯著她看！

「怎麼了？」美咲偏著頭納悶，她似乎並沒有察覺到晴人熾熱的視線。

「沒事，哈哈哈……」晴人誇張地笑了起來。

鎮定，要鎮定。我今天來這家髮廊有重要的目的，這不是遊戲，而是人生的一場大仗。

他看向窗外。髮廊前是一條狹窄的車道，對面有一棵櫻花樹。那棵櫻花樹向右傾斜，外型不怎麼漂亮。在春日的暖陽中，櫻花盡情綻放。隔著窗戶看著和煦的春風，將花瓣吹向天空的景象，美得宛如照片。但是，平時看了會心曠神怡的風景，只會造成晴人此刻的壓力。

本週末是櫻花盛開的時期，週末過後，櫻花就會凋零。沒有時間了，今天一定要約有明小姐一起去賞櫻花！

店內的背景音樂變成了披頭四的〈She Loves You〉，這首歌簡直就在聲援我。謝謝約翰、保羅，還有另外兩名歌手。

他已經決定了作戰計畫——在閒聊中提到櫻花的話題。

「妳喜歡什麼甜點？」「布丁啊。」「我喜歡櫻餅！櫻？啊，現在正是櫻花盛開的季節，本週是櫻花開得最旺的時候，下週就會下雨。啊！如果妳有空，要不要一起去賞櫻！？」

就這麼辦，這是最好的方法，沒有更自然、更有型的邀約方式了。好，那就開始吧……不，不對，等一下！從櫻餅轉到櫻花是不是太牽強了？對，那就從「已經是櫻花的季節了」開始。

他鼓起全身所有的勇氣打算開口，但因為太緊張了，嘴巴僵住了，根本張不開。剪下的頭髮每次掉落在地上，他就覺得像沙漏裡的沙子掉在地上，越來越坐立難安。晴人用力閉上眼睛，硬是開了口。

「……櫻、櫻、櫻……櫻……櫻……櫻……」

慘、慘了！沒辦法完整說出「櫻花」兩個字！這簡直就像是在模仿蒼蠅叫的神經病！沒時間了！快約她！朝倉晴人，趕快鼓起勇氣！

「你最近很忙嗎？」

美咲先開口問他。

「啊！？喔，沒有。」因為事出突然，他忍不住結巴起來。

「但職業攝影師很厲害！而且你在得獎之後自立門戶，你才二十四歲吧？」

「嗯，是啊……」

「是喔，雖然和我只差不到一歲，但太了不起了。我也得好好努力才行。你最近都在拍什麼照片？啊，現在是春天，所以都拍櫻花嗎？」

櫻花！？天賜良機！他下腹用力，猛然轉過頭。

「現在是櫻花的季節！如果妳有空，要不要一起去賞櫻——」

——喀嚓。他聽到剪刀尖銳的聲音。

美咲停下手，臉色蒼白，露出難以置信的表情。

怎麼了？該不會是一下子剪太短了？完全沒有關係！

這時，他發現剪刀前端沾到了鮮血。

「咦？剪刀上有血？」

下一剎那，坐在隔壁座位的女客人轉頭看了過來，立刻發出好像恐怖片般的尖叫聲。店內立刻亂成一團。男店員叫著：「趕快拿毛巾過來！」「叫救護車！」

晴人偏著頭，搞不清楚狀況。到底發生了什麼事？

「對不起……」

聽到小聲道歉的聲音，晴人轉過頭，發現美咲面無表情地流著淚。

為、為、為什麼要哭！？她該不會對和我約會賞櫻厭惡得想哭！？哇，連我都快要哭出來了！

「妳為什麼要道歉？」晴人露出僵硬的笑容，誠惶誠恐地問，她用顫抖的手指著地上。地上有一塊沾滿鮮血的耳垂。

啊，耳垂。但這是誰的耳垂？

那是晴人的耳垂。

他從鏡子中看到滴著血的左耳，從椅子上跌落了下來。

「嗚哇————我的耳垂————」

當他回過神時，聽到店裡的背景音樂變成了披頭四的〈Help！〉。

沒想到竟然會發生這種事……

救護車上，晴人躺在擔架上，滿心歉意地閉上了眼睛。美咲的身影浮現在眼前。

晴人在一個很平常的夏末午後認識了她。

高中棒球比賽已經結束，晴人失去了每天的樂趣，於是來到下北澤，想整理一下因為太長，看起來有點邋遢的頭髮。之前常去的那家剪髮只要兩千圓的平價髮廊倒閉了，所以他必須重新找一家店。下北澤並不在他平時活動的範圍內，但他打算去比利治玩家雜貨店買《像飯糰一樣的貓．鮪魚彥》寫真集，於是帶著「最好可以找到物美價廉的髮廊」的輕鬆心情，騎上剛買的霧黑色登山車來下北澤。

Penny Lane髮廊位在離下北澤車站有一小段距離的住宅區角落，一塵不染的白色外牆令人印象深刻，用有點矯情的俏麗文字寫著『Penny Lane』的招牌在門把上得意地搖晃。

說句心裡話，他並不喜歡這種矯情的店，主打時尚美髮沙龍的店通常都不是什麼像樣的店，店裡應該都是一些輕浮的美髮師。還是去住家附近的理髮店剪一下就好，反正包含修臉才四千圓。雖然他原本抱著這樣的偏見，但看到店門口的黑板上寫了『新客人 剪髮三千圓！』這幾個字時，忍不住停下了腳步。

雖然不太喜歡，但價格很實惠，這次就去剪一下……

他推開深棕色的沉重木門，立刻聽到了披頭四的〈Here Comes the Sun〉這首歌，戴著黑框眼鏡，看起來像是店長的男人皺著眉頭，在櫃檯內敲著計算機。店內並不大，只有四張椅子和一個洗頭台，兩名店員忙碌地在店內跑來跑去。一個一頭金髮，另一個留著側分線上梳的髮型，兩個年輕男人看起來都很輕浮。

晴人瞥了一眼那兩個美髮師，用鼻子冷笑一聲，「果然是輕浮到家的髮廊。」

他坐在沙發上，在問卷調查表上填寫必填事項——

「你好，我是今天為你服務的髮型設計師有明。」

晴人聽到一個溫柔的聲音，抬頭一看，立刻對她一見鍾情。

經常有人用『被雷打到』來形容墜入情網的瞬間，晴人受到的衝擊不光是被雷打到而已，簡直就像是走在街上遇到了雷神，然後一路被雷神追著打。

美咲的腰上掛著使用多年的剪刀包，一雙明亮的大眼睛看著他露出微笑。整個人都在發光。

沒想到偶然走進一家髮廊，竟然有豔遇。也許這是長得像飯糰一樣的貓・鮪魚彥送給我的禮物……啊！他慌忙低頭看自己身上的衣服。

慘了！為什麼這種時候偏偏穿了一件很土的T恤！胸前還大大地寫著『Endless Summer』幾個字！她一定很想吐槽「夏天還沒過完嗎」！

晴人拚命用手背擦著額頭滲出的汗水。鎮定，要鎮定！自己流太多汗了！不要再流汗了！她一定會覺得「這個人是冰做的嗎？」！

但是，美咲似乎完全沒有產生這些想法，她面帶笑容說「請跟我來」，然後把他帶到美髮椅旁。

在剪頭髮的過程中，晴人一直著迷地看著美咲。

不知道她幾歲？住在下北澤嗎？有男朋友嗎？她絕對有男朋友。因為實在太可愛了。是同事嗎？如果是那個戴著花俏眼鏡的傢伙，就未免太沒天理了……嗯？他忍不住皺起了眉頭。因為他從鏡子中發現她似乎有點緊張。美咲似乎察覺了他的視線，好像在說重大秘密般小聲告訴他：「其實今天是我第一次正式為客人剪頭髮。啊，但我曾經為髮型模特兒剪過幾次，所以不必擔心！只是有點緊張，如果有什麼不滿意的地方，請你隨時告訴我。」

沒關係！只要是妳剪的，就算剪得像颶風掃過一樣亂七八糟也沒關係！而且我想被妳剪得亂七八糟！美咲一臉歉意的樣子太可愛了，讓他忍不住產生了這樣的想法。

雖然她一臉不安，但剪出來的效果很不錯。一方面是因為內心的偏袒，再加上平時去剪頭髮的廉價理髮店老闆是手一直抖不停的老頭，所以晴人對她剪的新髮型感到非常滿足。

「謝、謝謝妳，清爽多了，該怎麼說，好像變得比較帥了，哈哈哈……」

我就說不出更像樣的話嗎？他為自己的詞彙貧乏感到沮喪，但她笑著說：「太好了！」她的笑容太可愛了。

那次之後，晴人為了見她，每個月都會去Penny Lane髮廊報到一次。起初只是有一搭沒一搭地聊幾句，隨著見面次數增加，聊天的內容也增加了。而且晴人還發現，她竟然沒有男朋友。晴人得知這件事的那一天實在太高興了，走進下北澤的站立酒吧，獨自喝了八杯高球雞尾酒。

雖然為了美髮師去剪頭髮的動機很不單純，但對晴人來說，見到美咲的時間是無可取代的美好時光，如果說是他人生唯一的樂趣也不算誇張。只要她聊到什麼電影，在下一次見面之前，他都會先去看那部電影；聽她說手變得很粗糙，就立刻上網查資料，然後告訴她中醫很有效。

她早晚會交男朋友的恐懼總是像野獸般在他內心張牙舞爪，正因為這個原因，所以必須趕快邀她約會……

這種焦急導致了今天的失敗。

晴人被送到位在新宿的慶明大學醫院。

急診醫生看到離開晴人身體的耳垂，用冷漠的語氣說：「那就趕快來縫一縫吧。」晴人雖然很想說又不是縫抹布，但還是一動也不動地躺在那裡，讓醫生把自己的耳垂縫回去。因為打了麻醉的關係，所以完全不覺得痛，但胸口隱隱作痛。

自己把有明小姐惹哭了。都怪自己在那時候突然轉頭……

耳垂順利縫了回去，醫生請他一個星期後回來拆線，他拿著醫生處方的止痛藥，走向夜間出入口。兩條腿沉重得像石頭。

夜晚的醫院大廳安靜得可怕，除了晴人以外，完全沒有其他人影。

包了紗布的左耳因為麻醉未退的關係，有一種怪怪的感覺。晴人停下腳步，靠著牆壁，用腦袋咚、咚地撞牆壁，嘆了幾十次氣。悲傷的嘆息在寂靜的走廊上聽起來格外大聲。

完了。一切都完了。自己沒有勇氣再約她了，下個星期，櫻花就會漸漸凋零，我的戀情也像櫻花一樣落幕——

「呃！」

美咲上氣不接下氣地出現在自動門前，晴人嚇了一跳，慌忙站直了身體。

她跑了過來，看到晴人被紗布包起的左耳，一臉快哭出來的表情。

「真的很抱歉！這是店長給你的！」她在說話的同時，遞上了下北澤知名餅乾店的紙袋。她應該被店長痛罵了一頓，哭腫的眼皮讓他看了於心不忍。

晴人在自己臉前攤開手掌，苦笑著說：「請妳不必放在心上，是我不對，不應該突然轉過頭。」

「沒這回事！是我的錯！」

「真的沒關係……」

「我會付醫藥費！請你把金額告訴我！」

「請妳不必在意！」

「我會在意！請你讓我付！」

美咲說著說著，突然情緒激動起來，聲音帶著哭腔，用力吸著鼻子。

「耳垂……如果無法縫回去……到時候，可以用我的耳垂！真的很對不起！」

我當然很想要妳的耳垂，超想伸手摸摸妳的耳垂。但是，看到妳這樣拚命道歉，就覺得很抱歉……

「妳真的不必放在心上──」

「我可以為你做任何事！」

「啊？」

「只要我力所能及，任何事都可以！」

「任、任何事？」

「對，我可以做任何事！」

她可以做任何事喔……就在這時，晴人的腦海中閃過「一個念頭」。雖然他知道這樣很不公平，但是──

「那……」

他顫抖的雙唇用力深呼吸，然後對她說：

「那請妳和我約會！」

美咲站在鴉雀無聲的走廊上張大了嘴，整個人愣在那裡。晴人看到她的反應，立刻後悔自己不該提出這樣的要求。這也難怪，她應該完全沒想到自己竟然會提出約會的要求。時機太糟了。問題在於話一脫口就像潑出去的水，再也收不回來了。

「因、因為剛好是櫻花的季節……那個……我們一起——」

晴人直直地注視著美咲。

「請問妳願意和我一起去看櫻花嗎？」

美咲似乎終於理解了他的意思，慌忙移開了視線，纖細的手指撫摸了嘴唇好幾次，似乎在整理自己的思緒。晴人見狀，覺得她應該在思考如何拒絕。

果然不行啊。唉，早知道不應該提出這種莫名其妙的要求……

晴人垂頭喪氣，已經對約會不抱希望了。

「好。」

「啊？」晴人難以置信，一時說不出話，然後就像在對外國人說話似地一字一句問她：「妳的、意思是、約會、OK嗎？」

美咲停頓了一下，用力點了點頭。

「真、真、真的嗎！？」晴人的臉上漸漸露出了笑容。

太好了！終於可以和有明小姐約會了！耳垂被剪太值得了！

因為太高興了，他很想跳起來。

接著，他們互留了電話。她特地為晴人把他的東西和腳踏車帶來醫院，所以晴人可以直接騎回家。

他在醫院門口騎上腳踏車，向她微微點頭致意，美咲也一臉僵硬的表情向他微笑。晴人連續鞠了好幾次躬，用力踩著腳踏車的踏板離去。

他騎在國道上，感受著夜晚溫熱的風，覺得等間隔排列的路燈比平時更加耀眼，行駛在前方車輛的車尾燈好像玫瑰般鮮紅，眼前的景象比昨天看到的世界更加、更加美麗。

晴人在笹塚車站附近的河畔道路上停下腳踏車，坐在座椅上，欣賞著路燈映照下的櫻花樹，和隨風飄散的花瓣。

他從手機中找出美咲的電話號碼，覺得這十一個數字就像是通往幸福未來的密碼。他笑得眼尾都垂了下來，但突然吹來的夜風立刻帶走了他的笑容，像黑色污漬般的罪惡感在內心擴散。

——職業攝影師很厲害！

他想起美咲的話，忍不住胸口疼痛。

晴人彎下身體。

必須向她道歉……因為我並不是攝影師。

必須為一直說謊欺騙了她道歉。

他撫摸麻醉開始消退的左耳，感受到一陣刺痛。

這也許是說謊的自己在內心感到的疼痛。

＊

在那個節骨眼提出約會的要求太犯規了，實在太難拒絕了……

「唉。」美咲靠在小田急線車門上，輕輕嘆了一口氣。

太出乎意料了。完全沒有想到他竟然會提出約會的要求。

電車停在梅之丘車站後，她拖著沉重的身體，走向了驗票口。

白天時總是人來人往的學生街，在夜晚十一點之後，幾乎沒有人影。美咲走進車站前的便利商店買了奶茶和果凍，拎著塑膠帶走回家裡。

之前不是沒聽過美髮師不慎剪到客人耳朵的事，當然，即使只是剪到耳朵的疏失也不應該發生，但從來沒有聽說有人把客人的耳朵剪下來。客人搞不好會告上法院，髮廊也會面臨倒閉的命運。所以當客人被送去醫院後，店長一臉氣急敗壞，大發雷霆說：「妳給我回去當助理！」好不容易才升上美髮師，她絕對不希望再回去當美髮助理。雖然是自作自受，但她真的很想哭……

在街角的魚店右轉，走了一小段路，前面就是一家居酒屋。木造的牆壁經過長年的風吹雨淋，已經變得很破舊，寫了『有明屋』的紅色燈籠孤伶伶地掛在店門口。從玻璃門瀉出的燈光中夾雜著客人的歡笑聲。任何地方都會有一家這種好像居酒屋樣板般的店，這裡就是美咲的家。

「我回來了。」拉門發出巨大的聲響，正在和老主顧談笑的哥哥有明貴司抬起頭笑著對她說：「今天真晚啊。」坐在吧檯前的老主顧也都舉起大杯啤酒，笑著對她說：「美咲，回來了啊！」美咲平時都會親切地向他們打招呼，但今天沒有力氣擠出笑容。一身套裝、坐在吧檯角落喝著高球雞尾酒的吉野綾乃問她：「妳怎麼了？」

綾乃是貴司的女朋友，就像是美咲的姊姊。她眉清目秀，一頭漂亮的黑直髮，散發出成熟女人的味道。美咲每次都覺得這麼漂亮的女生和哥哥在一起實在有點可惜。

「工作上遇到什麼問題了嗎？」綾乃擔心地偏著頭問，美咲硬是擠出笑容說：「不，沒事。」不愧是綾乃，她的直覺還是這麼敏銳……

「美咲，怎麼了？工作上出了什麼差錯嗎？妳做事還是這麼粗枝大葉！」

貴司在胸前抱著黑色T恤下露出的粗壯手臂，豪爽地笑了起來。美咲對著神經大條的哥哥嘟著嘴說：「你少囉嗦。」走向吧檯後方通往二樓的樓梯。哥哥問她：「晚餐呢？」

「不用了。」

「喔，是喔，今天有妳最愛的蠑螺。」

蠑螺？美咲忍不住停下了腳步。想像蠑螺在鐵網上烤得不停冒泡的樣子，口水就忍不住快流下來了。再滴幾滴醬油，趁熱吃進嘴裡……嗯，太好吃了。肚子就像小動物一樣咕咕叫了起來。

「怎麼樣？到底是要吃還是不要吃？」

「……我要吃。」

美咲用力嘟起嘴，在綾乃身旁坐了下來。

「——我當然不應該把客人的耳垂剪下來，沒想到當我說可以為他做任何事時，他竟然提出要我和他約會，這也太犯規了吧！？」

美咲把今天發生的悲慘故事告訴了綾乃，一口氣乾了第三杯日本酒。今天絕對不喝酒，一旦喝了酒，一定會抱怨……雖然原本打定了主意，沒想到吃了一口蠑螺，就無法再抗拒酒了。

貴司聽了妹妹說的事，像棒球手套般厚實的手掌用力拍著砧板。

「我不管他是不是什麼攝影師，但竟然用這麼卑鄙的手法找妳約會！我要去把他的耳朵撕下來！」

幾個老主顧也異口同聲地喝著酒說：「大家一起把那個下流攝影師的耳垂剁成肉醬！」這些大叔莫名其妙地團結起來了。

「喂，美咲，妳把那個耳垂王八蛋的電話告訴我！下次我用菜刀把他右耳的耳垂——」

「喂！」綾乃用力把免洗筷放在吧檯上。

「一直說耳垂、耳垂，煩不煩啊！我正在吃水餃！知道嗎！？水餃的形狀和耳朵很像！真是有完沒完啊……而且，如果你這麼做，美咲不是會被髮廊開除嗎？」

「但是……」貴司就像挨了罵的小孩子一樣垂下嘴角嘔氣。

「我覺得很好啊。」綾乃轉頭看著美咲。

「好什麼？」

「妳就去約會啊？搞不好他人不錯。」

「妳在說什麼啊！？絕對不行！不可能！」

貴司豎起兩道濃眉說道，綾乃不理會他，繼續說了下去。

「既然要去，那還不如開心一下。」

「但是，」美咲大聲喝著第四杯日本酒，「他是店裡的客人啊。」

「你們店裡規定私下不能和客人見面嗎？」

「那倒是沒有。」

「妳已經很久沒約會了吧？」

「是沒錯啦。」

「妳之前不是一直抱怨都沒機會認識男生嗎？機會，機會來了啊！」

「這算是機會喔……」

貴司用力咂了一聲，似乎已經忍無可忍。

「喔什麼喔，吵死了！妳是軍人嗎！？妳追求什麼認識男生的機會！妳不是在為自己日後開店努力嗎！？不要整天想男人，結果工作馬馬虎虎！」

哥哥的話太讓人火大了，美咲露出銳利的眼神瞪著哥哥。

「怎麼可能嘛？更何況我才二十三歲，當然想談戀愛啊！」

「那妳就好好享受約會。」綾乃立刻插嘴說。

「我才不覺得那是約會！」

「那是什麼？」

「是……」她一時答不上來，一口氣喝完了日本酒。「這不是約會，而像是損害賠償！」

說完，她拿起自己的東西，逃也似地衝上了樓梯。

二樓是她和哥哥的生活空間。沿著發出擠壓聲的樓梯上樓，左側是客廳，後方是廚房和浴室。走廊盡頭兩個並排的房間分別是貴司和美咲的臥室，兄妹兩人住在這裡很寬敞。

美咲拉開不太靈活的紙拉門，走進房間後，倒在床上。她很想不卸妝，就直接倒頭大睡。她翻了身，仰望著天花板垂下來的燈罩。這個燈罩和將和室改裝成西式風格的房間不太相襯，美咲看著在稍微泛黃的燈罩下發光的日光燈，忍不住嘆了一口氣。

綾乃說得沒錯，自己的確好久沒約會了……

這幾年來，從來沒有像樣的約會。高中時代曾經交過男朋友，但父母早逝之後，為了避免增加哥哥的負擔，她除了打工以外，晚上還經常在有明屋幫忙。因為這個原因，當時的男朋友對她說：「妳為了生活太拚了，完全沒有年輕人的感覺」，然後就甩了她。即使現在回想起來，仍然覺得很火大。因為家裡沒錢，當然必須很拚才行啊。

進了專科學校之後，她還是一樣忙碌，甚至比之前更忙碌了。雖然哥哥付了學費，但購買剪刀、美髮的假人頭、毛巾和捲髮紙這些上課要用的材料也需要花不少錢，所以她半工半讀，佔據了所有的時間，根本沒時間談戀愛。當然，這全都是藉口，關鍵在於她在戀愛這件事上並沒有努力。

在戀愛這件事上，一旦休息太久，就很難再重回戰場。而且上一次戀愛被對方說了難聽的話狠狠拋棄，所以她對重回戀愛戰場這件事也變得十分謹慎，簡直就像是投手被轟出逆轉滿壘全壘打之後，就不敢再投正中央的好球一樣。最好的證明，就是在她踏上社會的第一年，曾經有一個其他髮廊的美髮師約她。對方很積極主動，她不由得心生膽怯，最後拒絕了對方。其實那個人外型頗帥，而且個性也很體貼溫柔。兩個人的興趣愛好相同，對方搞笑時也都在她的好球區。但她拒絕一次之後，對方就沒有再邀約。不久之後，聽說他交了女朋友。美咲當時還很生氣，「動作會不會太快了！？」但同時又深深感到後悔，覺得「真可惜」。然後至今為止，一直處於無限期停止進入戀愛戰場的狀態，也完全沒有上場的打算。

美咲從便利商店的塑膠袋中拿出果凍吃了一口。

賞花喔。話說回來，這是賠罪約會，並不是重新上場比賽……

隔天，她再度為前一天的事向店長道歉。店長經過一晚的沉澱，心情也平靜了，所以並沒有太生氣，也總算沒有把她降為美髮助理。美咲並沒有因此鬆懈，客人來髮廊是為了讓自己變漂亮，自己的工作必須完成客人的心願，所以不能一直沮喪，必須振作起來，努力工作。

晚上八點，髮廊打烊後的簡單總結時，店長說明了當天的業績和必須改善的地方。目前包括店長在內，只有四名美髮師，老實說屬於人手不足的狀態，每個人得分擔的工作量很多。但正因為人手不足，美咲才有機會升上美髮師，所以不能對忙碌的狀態有任何抱怨。

打掃完畢，當前輩美髮師離開後，她留下來自主練習。這是她每天必做的事，對著美髮假人頭刻苦鑽研，練習如何克服自己不擅長的髮型。她最不擅長剪短髮，所以必須一次又一次苦練。

當她回過神時，發現已經十一點多，差不多該回家了。她從口袋裡拿出店裡的鑰匙，一看鏡子，忍不住停下手。因為她發現有幾根白髮。

「又有了……」

她最近經常發現白髮。為什麼會有這麼多白髮？是因為太累了嗎？

她拔掉白髮，忍不住嘆息。這時，放在口袋裡的手機震動起來。

這麼晚了，是誰啊？美咲拿出手機，一看螢幕，立刻害怕起來。

是晴人傳來的訊息。

主旨：關於約會一事

內文：很抱歉，這麼晚打擾妳。我是朝倉晴人。

日前承蒙答應約會一事，按原定計畫，將配合妳的休假時間，如期在下週一舉行。上午十一點在新宿車站南口集合（不是南方廣場那裡，敬請注意）。那天是非假日，估計賞花人潮並不多，所以是賞櫻的理想日子。但是，萬一遇到下雨，則不適合賞櫻，屆時將再度調整日期，或是由我提供賞花以外的約會計畫，敬請放心。非常期待當天的約會。

怎、怎麼回事？為什麼寫這封硬邦邦的商業電子郵件給自己？這該不會是要我加入老鼠會的套路？但他是職業攝影師，應該不至於吧？

回家之後，她用手機搜尋了『攝影師　朝倉晴人』，想看看他拍了哪些照片，但並沒有搜尋到任何他拍攝的照片。

怎麼會這樣？網路上至少應該有他得獎的那張相片——

「原來他叫朝倉晴人。」

美咲驚訝地回頭一看，剛洗完澡的貴司拿著浴巾用力擦頭髮，探頭看著她的手機螢幕。

「喂！不要偷看啦！」她假裝要用手機丟哥哥，想把他趕走，沒想到哥哥不悅地噘著下唇說：「妳不是為了賠罪和他約會而已嗎？為什麼要調查他的背景？」

「只是想事先瞭解一下狀況……」

「事先瞭解狀況？妳不要一副好像樂在其中的表情。」

「你少囉嗦！我才沒有呢！我覺得很衰！」

她皺著臉，逃也似地衝進浴室。

她看著浴缸內冒出的熱氣，怔怔地陷入了思考。他為什麼找我約會？他既然約我，代表他對我有意思？還是我想太多了？我太自戀了嗎？但既然找我約會，應該可以這麼解釋吧？她害羞得紅了臉。

＊

寄出完美的電子郵件後的氣泡酒簡直美味無比。晴人舉起鋁罐，仰頭喝了起來。

他認為剛才那封電子郵件雖然有點硬邦邦，但可以展現出他的誠懇，是一封很有紳士風度的郵件。他已經有三年沒有傳這種郵件給女生了，所以需要相當大的勇氣。他陷入「打算寄，又忍不住猶豫起來」的狀態，天人交戰了三十分鐘。對二十四歲的大男人來說，的確有點沒出息。

但是，在收到美咲的回覆後，這種想法立刻煙消雲散了。

【收到。請多多指教（._.）】

就連極其普通的表情符號，也因為是美咲寄來的，所以看起來格外可愛。晴人一次又一次重溫這個簡短的回覆，整張臉就像起司般融化了。

他又從冰箱裡拿出一罐氣泡酒，打開窗戶，春夜的風吹進只有四坪大、附有廚房的小房間內。冰冷的氣泡酒和舒服的夜風為他發燙的身體降了溫。

他小口喝著新開的氣泡酒，看著隔了只有一條車道道路對面的小公園。櫻花樹隨著夜風搖曳，花瓣在路燈下飛舞。

「我那時候為什麼要說謊……」

後悔和罪惡感湧上心頭。

自己明明只是在錄影帶店打工，卻謊稱是職業攝影師，這個謊也未免說得太離譜了。

他曾經夢想成為攝影師。

幾年前，他把父親在臨別時給他的那台尼康F3當作是通往夢想的通行證，緊緊握在手上來到東京。放眼望去的每棟大廈都高聳入雲，東京鐵塔似乎很宏偉，馬路上人來人往，幾乎讓人頭暈目眩。但是，想到這裡就是自己夢想的舞台，內心就有一種難以形容的興奮。

晴人高中畢業後立刻來到東京，在惠比壽的一家出租攝影棚當攝影助理。他打算在攝影棚累積幾年經驗後，運用在那裡累積的人脈，走上攝影師這條路。這是他為自己設計的藍圖，他當然知道這不是一條輕鬆的路，也知道在攝影這個行業，才華和品味決定了一切。但是，他當時深信自己具備了這方面的才華，只不過他這個在長野鄉下長大、不諳世事的年輕人來到東京之後，終於瞭解到現實的殘酷。

他工作的那個攝影棚忙碌的程度遠遠超乎他的想像，每天都忙著攝影的準備工作，也整天被前輩數落，攝影結束之後就忙著收拾和下一次的準備工作，幾乎連睡覺的時間都沒有。起初他發揮出毅力和幹勁苦撐，但不滿和疲勞日益累積，最後終於把他壓垮了。

這個攝影棚是不是黑心企業？每天忙得快死了，連睡覺的時間也沒有，這絕對有問題。而且薪水少得可憐，加班也沒有加班費……

晴人做了不到一年，就逃離了那個攝影棚。剛辭職時，還不時參加攝影比賽，但每次都石沉大海，不久之後，他就懶得再參加了。父親給他的那台尼康F3也塞進了壁櫥深處。

他當然感到愧疚。父母務農，含辛茹苦把他栽培到高中畢業，還為他付了東京租屋處的仲介費和押金，自己竟然就這樣背叛了父母的期待。但是——晴人改變了思考的角度。自己並沒有徹底放棄攝影，目前是充電期間，只是暫時休息而已，在發自內心想要拿起攝影機之前，先磨練為人處事之道。

至今為止已經過了四年，相機仍然在壁櫥深處沉睡。即使再怎麼吹捧，也很難說自己在為人處事方面有所提升。當他回過神時，發現自己在打工的錄影帶店已經算資深了，最近老闆還問他是否有意願成為正職員工。老實說，他有點動心。因為不可能一直當打工族，而且好像還有年終獎金可以領，只是金額並不高。

但是，就這樣放棄攝影這條路嗎？他在即將消失的夢想火焰和現實之間搖擺，但只是搖擺而已，始終無法做出決定，只有時間一天一天過去。

就在這時，他認識了美咲。

看著她雖然緊張，仍然努力為客人剪頭髮，忍不住想起以前的自己，想起以前當攝影助理時整天忙碌不已，根本沒有時間睡覺的那段日子。同時覺得現在實在太沒出息了。

「朝倉先生，請問你是做哪方面的工作？」

有一次，美咲這麼問他。照理說應該老實回答「我在錄影帶店打工」，結果竟然不加思索地回答：「我是攝影師！」因為當時覺得告訴她，自己只是一個沒有目標的打工族很丟臉。

「攝影師！？好厲害。」

看到她雙眼發亮的樣子，他深刻體會到自己犯下了無可挽回的錯誤。但是，說出的謊言無法收回，謊言只能用謊言來掩飾。那次之後，每當她問到工作的事，每當她露出羨慕的眼神，晴人的內心就快被罪惡感壓垮了。後悔的種子在內心不斷成長，最後開出了巨大的花朵。他一直告訴自己，要找機會說實話。

晴人輕輕摸著繃帶包著的左耳。

要在約會時把一切都說出來……

約會當天，東京的天空綻放著藍色的光芒。太陽柔和地溫暖大地，風像唱歌般輕柔吹過，風和日麗的春光下，穿長袖都會有點冒汗。

晴人在一片祥和的新宿車站南口驗票口前走來走去，努力讓激動的心情平靜下來。

怎麼辦……等一下要和她聊什麼？昨天晚上，他已經在腦海中模擬了幾百次，用亞馬遜的特快件訂購了《男人聰明聊天術》這本教戰手冊，但最後還是完全沒有頭緒。而且，他還面臨必須坦承自己之前說謊的考驗。光是約會就夠緊張了，這也未免讓人壓力太大……

「嗚欸！」他緊張得快吐出來了。這時，背後傳來一個聲音。

「你還好嗎？」

這、這該不會是有明小姐的聲音？

他戰戰兢兢地轉過頭，果然看到美咲站在那裡。

被她看到了！自己差一點嘔吐的樣子竟然被有明小姐看到了！在新宿車站正中央差一點嘔吐的男人會不會太糗了！

話說回來……晴人忍不住吞著口水。她、她實在太可愛了……

這是晴人第一次看到她穿便服。她穿了一件看起來很涼爽的白色毛線針織衫配緊身褲，頭上戴了一頂胭脂色的針織帽。這些衣服穿在她身上太美了，簡直就像是為了她而出現在這個世上。她的臉龐也看起來比平時更可愛，難道是因為化了妝的關係？

因為美咲太漂亮了，他像土地公一樣愣在原地不動。美咲在他的臉前輕輕揮了揮手問：「怎麼了？」她的聲音中帶著一絲緊張。這也難怪，因為她突然要和客人約會，而且是和不小心剪掉耳垂的客人約會。

「呃，今天、很謝謝妳、來赴約。」

他像機器人一樣結結巴巴道謝，她害羞地搖了搖頭，然後他們一起沿著甲州街道走向新宿御苑。

「今天的天氣真好。」

「是啊。」

他們的對話到此結束了。

這是老夫老妻的對話嗎！？振作一點！啊，對了，那本教戰手冊上提到，這種時候，男生應該走在靠車道那一側保護女生！

晴人準備走向美咲的右側，試圖靠這一招起死回生。但他移動時太笨拙，不小心撞到了美咲的肩膀。她的身體搖晃了一下，他慌忙道歉說：「對不起。」美咲板著臉問：「怎麼了？」

「啊，不是啦，我只是在想，這種時候，男生好像應該走在靠車道那一側。」

「啊？」

「因為萬一被車子撞到，不是就慘了嗎？」

「但這裡應該沒問題……」她尷尬地指著護欄說。

嗚哇——我也太傻了！只有好萊塢電影中才會出現車子撞上人行道的情節！我簡直是

天字第一號大笨蛋！

「對喔！有道理！那我就放心了！啊哈哈……」

他在笑的時候，淚水忍不住湧上心頭。真希望找個地洞鑽下去，希望自己就這樣消失。

美咲可能察覺了晴人內心的想法，把右側讓給他說：「那你走這裡。」她的貼心讓他感到很可悲，又差一點哭出來。

不許哭。哭了就完了。一定還有挽回的機會……

但事情還沒有結束，悲劇接連發生。

新宿御苑竟然大門深鎖。晴人看到無情的看板上寫著『本日休園』幾個字時，思考完全停擺。

嗚哇……簡直受不了。受不了自己的愚蠢，簡直想吐了。如果現在突然吐出來，有明小姐應該會嚇一大跳吧。……這會不會是夢？會不會是感覺很逼真的夢境？

「啊，原來今天休息……」美咲小聲說道。晴人立刻回過神。

慘了！這根本就是「那我們就解散」的模式！約會才十分鐘而已，絕對不可以就這樣解散！

「那、那我們去四谷！那裡也有櫻花！」

他們一起搭丸之內線前往四谷。

這裡應該可以看到櫻花——他這麼想實在太天真了。

從四谷向飯田橋延伸的外濠公園一帶盛開的櫻花吸引了無數賞花客。大家都在櫻花樹下鋪著藍色塑膠布，坐在上面喝酒、嬉戲。雖然是非假日的白天，喝醉酒的中年男子趴在泥土地上睡著了，也有看起來像大學生的年輕人發出「嗚——耶」的怪叫聲，一口氣喝完了罐裝的碳酸燒酒。眼前這片和浪漫完全無緣的景象，讓晴人的膝蓋忍不住發抖。

你、你們這些傢伙，不是想看櫻花，只是想在外面胡鬧吧。而且，為什麼日本人這麼喜歡賞櫻？唉，這根本毀了自己好不容易才成功約到的賞櫻約會……

「嗚欸———」

一個爛醉如泥的中年男子在他們面前嘔吐起來，美咲不悅地把頭轉到一旁。

阿伯———你吐個屁啊！

晴人很想上前把那個爛醉的男人痛毆一頓。

「那、那我們先逛一逛！」

他們逃也似地走向市之谷的方向。

「對不起，我第一次賞櫻花，完全不知道竟然這麼擁擠，做夢也沒想到會有這麼多人。」

「第一次？」美咲瞪大了眼睛，「你從來沒有賞過櫻花嗎？」

「嗯，對啊。啊，但小時候可能有過一次。」

「你討厭賞櫻嗎？」

「不是說討厭賞櫻，而是不怎麼喜歡櫻花。」

「不喜歡櫻花？」

她不解地偏著頭。

「該怎麼說，櫻花雖然很漂亮，但不是很快就凋零了嗎？這麼一想，就覺得有點感傷。啊，我邀妳賞櫻，卻說這種話好像有點那個。」

「朝倉先生，有沒有人說你是怪胎？」她掩著嘴，呵呵笑了起來。「日本人都喜歡櫻花啊。」

「我在高中時和朋友聊到這件事，大家的確把我當成怪胎。」

「我就知道。我第一次遇到討厭櫻花的人。」

看到美咲自然的笑容，晴人也忍不住笑了起來。

啊呀呀，但她覺得我是怪胎……無論是基於怎樣的理由，只要能夠逗她開心就好。

美咲似乎不再緊張，話漸漸多了起來，也聊了很多關於自己的事。

她在休假時經常去看電影，尤其喜歡看動作片。受到哥哥的影響，也喜歡看棒球。她家開了一家小居酒屋，她有點得意地說：「我哥哥做的炒飯很好吃。」她戒不掉甜點和零食，明知道會發胖，下班時還是忍不住會買布丁和果凍回家。

「有明小姐，請問妳為什麼會當美髮師？」

晴人看著走在左側的她，她害羞地用指尖繞著頭髮說：

「其實我有自然鬈，讀小學時，男生都叫我『鬈鬈』。我為這件事很自卑，就和爸爸、媽媽討論，說我不喜歡這種頭髮，但他們只是叫我『不必放在心上』。想到一輩子都會這樣，我真的超絕望。結果哥哥發現我在為這件事流淚，就帶我去了附近的髮廊。我超緊張，美髮師對我說：『沒問題，很快就直了。』然後幫我把頭髮燙直……沒想到頭髮真的變直了，難以想像我前一刻還在為這件事煩惱！簡直就像在變魔術！當時我看到自己在鏡子中的身影，有生以來第一次覺得自己的髮型很漂亮。」

她充滿懷念地瞇起眼睛，好像在看很久以前的照片。她來到一棵巨大的櫻花樹前停下了腳步，露出淡淡的微笑，仰望著天空。

「然後我就下定決心，我以後也想讓別人的頭髮變漂亮，我要成為一個讓客人覺得自己『真可愛』的美髮師。」

櫻花花瓣將她的笑容襯托得格外美麗。看著被一片粉紅色包圍，露出柔和笑容的美咲，晴人覺得她太美了。她小時候在髮廊的鏡子前，也露出了這樣的笑容嗎？想到這裡，內心就溫暖起來。

不知道是否覺得自己說太多話感到害羞，美咲有點靦腆地說：「不要變成只有我一個人說話，你也說說你的事。你為什麼想成為攝影師？」

該告訴她實話了。晴人停下腳步，咬緊牙關。

一陣強風從他們中間吹過，把櫻花花瓣吹向遠方。

晴人緩緩開了口，以免自己的聲音發抖。

「有明小姐，我——」

「咦？這不是晴人嗎？」

聽到一個熟悉的聲音，晴人驚訝地回頭一看，發現是以前在攝影棚當攝影助理時的同事。那個同事肩上揹著相機包，向晴人輕輕揮手。

「好久不見！」

晴人有一種不祥的預感，還沒有拆繃帶的左耳隱隱作痛。拜託你，別多嘴。但越是祈願，現實往往會出現完全相反的結果。

「你不是已經放棄攝影了嗎？目前在哪裡混？」

晴人覺得渾身發冷，背脊都快結冰了。他戰戰兢兢地偷瞄身旁，發現美咲訝異地皺著眉頭。她的表情讓晴人覺得更冷了。

「你從攝影棚辭職之後，可把大家都害慘了，你別假裝不知道！」

遇到這個不懂得察言觀色的前同事，晴人覺得坐立難安，對美咲說：「我們走吧。」然後就快步離開了。

他們走到市之谷車站附近的長椅坐了下來。晴人不敢看美咲，只能看著遠方的景色。中央線的電車駛向新宿方向時，鐵輪和鐵軌摩擦發出可怕的聲音，同時傳來賞櫻客歡樂的笑聲。

她不發一語，面無表情地陷入了沉默。這種沉默更令人感到害怕。

「我之前對妳說了謊。」

恐懼讓他的喉嚨深處發抖。

「其實我並不是什麼攝影師，從來沒有得過獎，也沒有自立門戶。這些全都是謊言，但之前的確從事過攝影工作，只不過是攝影助理，而且很快就辭職了——」

放在腿上交握的手指冒著汗。

「起初我真的立志成為職業攝影師，我相信自己有才華，但每天都挨罵，工作也做不好，即使參加攝影比賽，也全都石沉大海，於是我漸漸覺得自己沒有才華，最後就放棄了攝影。目前在錄影帶店打工。」

美咲沒有看他，看著護城河對面那片高樓。

「我之前一直說謊，真的很抱歉。」晴人深深地低下頭。

她無奈的嘆息聲刺進了晴人的心。

「你為什麼要說謊？」

晴人無言以對，在美咲像針一樣銳利的視線前，甚至不敢抬起頭。

「差不多該回去了。」美咲起身走向車站的方向，晴人無法動彈，只能注視她漸漸遠去的背影。他相信再也無法見到美咲了，他感受到難以形容的焦躁。當他回過神時，發現自己對著美咲大聲地說：

「因為我不希望妳討厭我。」

她聽到這句話，停下了腳步。

「當我說我是攝影師時，妳雙眼發亮地聽我說話！我覺得很高興，為了贏得妳的好感，所以說了謊！我一直覺得很抱歉，一直覺得必須向妳道歉，但遲遲沒有勇氣。因為我一旦說自己只是打工族，怕妳會失望……所以就一直說謊！」

他說出了內心的情感，他相信她一定可以感受到這份情感——

「啊？」美咲大聲地反問了一聲，怒目圓睜地轉過頭。「你想要說，我是憑職業判斷別人的女人嗎！？你想要說，因為你是攝影師，所以我雙眼發亮地聽你說話嗎！？」

她氣勢洶洶的樣子和平時判若兩人，晴人忍不住畏縮地回答：「不、不是這個意思！」美咲怒目而視，向他逼了過來。

「你就是這個意思！當你說你是攝影師時，我的確覺得有點帥，也覺得你很厲害！對啦，沒錯！我就是用職業來判斷你這個人！但你當面這麼說，讓人超火大！」

「對、對不起。」

「我才要說對不起！但是，你怎麼可以沒有試一下，就放棄夢想呢！你不是覺得自己有才華嗎？既然這樣，為什麼放棄？你腦筋有問題嗎！？」

「對不——」

「沒什麼好對不起的！你為什麼不努力到最後！？也許你有機會成為真正的職業攝影

師啊！」

「啊？」

「但你就這樣放棄，未免太可惜了！別在那裡舉棋不定，既然這是你的夢想，即使有再大的困難，無論發生什麼事，都要堅持走攝影這條路！不要輕言放棄！」

「妳、妳是說，我有攝影方面的才華嗎？」

「啊？」

「所以才叫我繼續努力嗎？」

「我不是這個意思。」

「太高興了。」晴人忍不住握住了她的手，她像貓一樣跳了起來。

「對、對不起！」他也被自己意想不到的舉動嚇到，慌忙鬆了手。「我會努力！我會相信妳這句話，再次在攝影這條路上努力！」

「不，等一下，我並不是這個意思——」

「美咲小姐！」

美咲聽到他突然叫自己的名字，整個人愣在那裡。

「我會努力成為配得上妳的男人！」

他想要改變，想要擺脫那個只會說謊，逃避一切，沒出息的自己，要成為一個能夠為自己感到驕傲的人。他想要改變，所以——

「我要改變自己！」晴人用力握住了拳頭，「要成為一個能夠讓妳喜歡的人……」

美咲的臉頰染成了櫻花色。南風吹來，將櫻花花瓣吹向空中，然後像雪花一樣飄落在他們之間。晴人看著櫻花花瓣，下定了決心。

自己要踏出這一步。讓停止的時間重新動起來。

希望有朝一日，能夠走在她身旁。

＊

不知不覺。雖然是不知不覺，但剛才有那麼一剎那，竟然有心動的感覺。

「唉。」美咲重重地嘆了一口氣。把頭靠在電車的門上，看著窗外的景色，發現暮色已經籠罩了街道，向後倒退的大樓和房子都好像被染成了橘色。

——我會努力成為配得上妳的男人！

這是自己有生以來，第一次遇到有人那麼直接表達內心的想法。應該說，仔細思考後，發現這是第一次有人向自己告白。……告白？那個應該算是告白吧？還是自己想太多？但他剛才說「要成為一個讓妳喜歡的人」，所以應該就是告白吧？

她心神不寧，用力握住了扶手。有什麼好緊張的？那個人說謊成性，曾經打腫臉充胖子，說一些可笑的謊言。

下車來到月台上，在鐵軌的遠方看到了巨大的夕陽。美咲用指尖繞著頭髮，心想著他不知道是不是真的會再去當攝影師。話說回來，如果把我的話當真也很傷腦筋，我又不知道他到底有沒有才華……

貴司和那些老主顧的大叔正在有明屋迫不及待地等美咲回家。在她打開拉門的瞬間，貴司就從吧檯內探出身體問：「他有沒有對妳不規矩！？」美咲有點被那幾個探出身體，湊到她面前的大叔嚇到，說了一句「沒有啊」，匆匆忙忙想要走去二樓。老主顧大熊哥大口喝著啤酒風味飲料，大聲地說：「她的樣子不太對勁！絕對發生了什麼事！」

「真的沒事！」美咲用力轉過頭，衝上了樓梯。

為什麼要問這麼多？自己都已經二十三歲了，根本不需要別人管，而且真的沒有發生任何事啊。什麼都沒發生？好啦，算是發生了一點小事啦……

一走進房間，立刻把針織帽戴在假人頭上，打開了床邊的窗戶。她從剛才就覺得全身發熱，此刻感受著涼爽的晚風吹著頭髮，用力深呼吸，覺得嗅到了淡淡的春天氣息。風也吹動了窗簾和貼在牆上軟木板上的排班表。

她靠在乳白色牆壁上，逐一整理今天發生的事，聽到走廊上傳來叫聲。「美咲？」是綾乃。她應該在下班後來店裡。

綾乃把拉門打開一條縫，把手上的那包零食當作面具般舉到臉前，語帶調侃地問：「今天的約會怎麼樣？」

連綾乃也……雖然美咲有點火大，但很想把內心的疙瘩一吐為快，所以就把今天發生的事一五一十告訴了綾乃。

綾乃聽完美咲的話，掩著嘴呵呵笑了起來。

「好過分！妳為什麼笑！？」

「對不起，對不起，但你們才第一次約會，妳怎麼就把對方數落一頓？不管怎麼說，對方也是客人啊。」

美咲嘟著臉，一把搶過零食。

「因為我看到他為自己找藉口的樣子，覺得有點火大，想叫他振作一點。但真的不該說那些，不知道當時為什麼會那麼生氣……」

「妳這個人，一旦情緒激動，就好像變了一個人。這種個性和貴司一模一樣。」

綾乃說得沒錯。每次只要一生氣，還來不及思考，話就已經脫口而出了。這是美咲的缺點。

「可能因為很相像，所以妳才會這麼火大吧？」

「相像？」

「妳和那個男生啊。」

「啊？我和他完全不像！」

「好，好，妳又情緒激動了。」

美咲慌忙捂住了嘴。

「妳在成為美髮師之前，不是也煩惱了很長一段時間嗎？那時候妳經常向我訴苦，說自己沒有美髮方面的才華。」

「那是因為……」在新人時代，每天都挨店長的罵，所以她經常向綾乃訴苦。「但我可沒有說謊。」

「說謊的確不對，但是——」綾乃笑得眼尾擠出了魚尾紋，「妳聽到他說『我會努力成為配得上妳的男人』，是不是很高興？」

「完全沒有。」美咲的眼神飄忽起來。

「是喔，如果換成我，我會很高興。」

不要用那種好像看透一切的眼神看我。嗯，如果問我是高興還是不高興，當然有點高興……

當時，他的臉漲得通紅，想必是鼓足了全身的勇氣，才終於說出這句話。回想起他認真的表情，就覺得後背有點癢癢的。

美咲拿起粉紅色的抱枕放在額頭上，想要遮住自己發燙的臉。綾乃露出調皮的笑容探頭看著她。美咲拚命揮手趕她，但綾乃今天沒有輕言放棄。美咲既感到害羞，又有點不自在，舉起抱枕叫了一聲：「啊喲！」綾乃把三張棒球比賽的門票攤成扇狀，出示在她面前。

「棒球？」

「下個星期要和貴司一起去看，他說邀妳一起去。」

「為什麼要找我一起去？」

「因為他很寂寞，說妳最近都不怎麼理他。」

「他也該讓我獨立了。」

「因為貴司覺得自己兄代父職，所以很難放手。」

美咲想起哥哥落寞的表情，無奈地笑了笑，接過門票說：「好吧，那就偶爾陪陪他。」

隔週，三個人一起來到神宮球場。美咲好久沒有來現場看棒球比賽了，心情非常興奮。而且這一天的比賽雙方互有領先，比數咬得很緊，讓人看得手心直冒汗。燕子隊才贏了一分，對手球隊就立刻追上。球隊每次得分，整個球場歡聲雷動。現場的氣氛讓美咲心情大好，連續喝了三杯啤酒，最後大聲為球隊加油。

燕子隊最後逆轉勝，贏得了這場比賽。貴司心情愉快，在他的提議下，他們一起去附近的居酒屋慶祝勝利。當他們走進有很多燕子隊球迷的居酒屋時，哥哥和鄰桌的狂熱球迷情投意合，把啤酒當水喝，結果很快就醉得不省人事。

「真是的，睡在這種地方不怕感冒嗎？」

綾乃小聲埋怨著，脫下自己的開襟衫蓋在貴司身上。美咲見狀忍不住問：「綾乃，妳到底喜歡我哥哥哪裡？」

「為什麼突然問這個？」

「因為妳很漂亮，又在知名化妝品公司上班。年收入的話，雖然不至於是我哥哥的一倍，但應該還不錯，所以我搞不懂妳為什麼會選我哥哥。」

綾乃拿起毛豆，搞笑地說：「妳說對了，我是美女，而且工作能力也很強。」

「我是認真問妳這個問題。」

「對不起，對不起。」綾乃用指尖撫摸著啤酒杯上的水滴笑了起來，「妳哥鼾聲如雷，腳又臭，又是個老粗，做生意也是一筆糊塗帳，以前還曾經惹過不少麻煩，但我就是沒辦法討厭他。」

幾年前，哥哥曾經相當沉迷賭博。不管是小鋼珠，還是賽艇、賽馬，只要別人邀他，他就掏錢一起去賭。最後輸慘了，欠了一大筆債。而且他還向美咲和綾乃隱瞞了欠錢的事，綾乃得知真相後，哭著對貴司說：「你以後再也不要賭博了！」哥哥看到了綾乃的眼淚後，就浪子回頭，再也沒有碰過賭博。

「綾乃，妳很有毅力，如果換成是我，絕對受不了。」

「沒這回事，我以前的戀愛都很短。」

「那妳為什麼能夠忍耐我哥？」

「為什麼呢？」綾乃托著腮，然後嘴角微微露出笑容說：「我想應該是他給我的，超過了他造成的困擾。」

「超過他造成的困擾？」

綾乃充滿憐愛地戳了戳在一旁發出均勻鼻息的男友臉頰。

「雖然我們交往快六年了，但他現在仍然很喜歡我。有時候我在想，有人這麼努力愛自己，不是身為女人最大的幸福嗎？」

「身為女人最大的幸福？」美咲用力眨著眼睛。

「被愛是一件很棒的事，我相信是身為女生來到這個世界的幸福之一。雖然我快二十九歲，已經不是能夠稱為女生的年紀了。」

「身為女生來到這個世界的幸福……因為我從來沒有這麼想過，所以也搞不太清楚。」

「啊喲？妳和上次那個約會的人之間不是很順利嗎？」

聽到綾乃調侃般的問句，美咲不小心噎到了。

「沒什麼順不順利的問題……」她不悅地垂著嘴角，向店員舉起手說：「再給我一杯啤酒！」

「該不會那次之後，就沒有聯絡？」

「沒有聯絡啊，怎麼了嗎？」

誰稀罕他的聯絡！只不過他說了那種話，而且之前還曾經說謊騙人，照理說那次之後，不是至少應該稍微聯絡一下嗎？一旦這麼想，就真的很火大。也許那傢伙到處找女生說同樣的話，只是一個草包花心男。一定就是這樣，這種人不聯絡也罷。

美咲拿起店員剛送上來的啤酒，一口氣倒進胃裡。

春日短暫。不久之前為街道添色的櫻花已經完全凋零，變成了葉櫻。

美咲來到附近的羽根木公園，看著長滿新綠樹葉的櫻花，忍不住覺得不像是同一棵櫻花樹。燦爛的季節轉眼即逝……

不久之前，許許多多人都抬頭看這棵櫻花樹，但現在變成葉櫻之後，沒有人看它一眼，大家都只面無表情地走過它的面前。

她覺得這種景象很令人感傷。

她輕輕撫摸櫻花樹，撫摸著靜靜活著的這棵樹的樹幹。

四月底，美咲二十四歲了。

迎接生日固然高興，但當天還是要上班，而且也只有貴司和店裡那些老主顧的大叔為她慶生。

有男朋友的女生，生日時就會去餐廳吃大餐，但美咲只有一群大叔圍著唱生日快樂歌，感覺有點悲哀。而且因為這些大叔的平均年齡太高，不僅歌聲聽起來很沙啞，每個人都五音不全。幸好綾乃送了目前很紅的護手霜當生日禮物，讓她感到很高興。

「因為妳一直說自己的手變粗糙了。」

雙手粗糙是美髮師的職業病，美咲的情況並不算太嚴重，有些美髮師甚至嚴重到需要住院治療。

她在睡覺前為變得有點粗糙的指尖擦上護手霜，忍不住看向正在充電的手機，越想越對悶不吭氣，正在養精蓄銳的手機感到有點火大。

之前在為他剪頭髮時，曾經提過自己的生日。雖然並不期待他為自己慶生，但怎麼可以完全不當一回事？話說回來，已經將近一個月沒有任何音訊，應該不會再聯絡了。我是無所謂啦……

今年的黃金週簡直忙得分身乏術，每天都累得精疲力竭，打烊之後，整個人都累癱了，完全無法動彈。

之前體力還不至於這麼差，最近很容易疲勞。雖然一直以來，睡眠時間都不太充足，但現在疲勞始終無法消除，整天都有倦怠感，每天起床時，都會忍不住嘆氣。

忙碌的生活中，發生了一件美好的事。貴司向綾乃求婚了。

當居酒屋的忙碌告一段落，只剩下老主顧後，貴司突然遞上戒指，對綾乃說：「我們結婚吧。」美咲完全沒有想到哥哥會求婚，因為太驚訝，用筷子夾起的炸豆腐也掉了。對綾乃來說，這也是晴天霹靂，她嚇得目瞪口呆，完全沒有美女的樣子。

哥哥用有點緊張的聲音繼續向她求婚。

「我不會讓妳受苦，也不會再賭博，盡量不偷吃。我絕對不會讓妳流淚，所以希望妳和我一起走完這輩子。」

美咲和老主顧都屏息看著事態的發展。綾乃低著頭，然後生氣地嘟著嘴說：

「盡量不偷吃是什麼意思？盡量的意思是偶爾會偷吃嗎？」

貴司捏著綾乃氣鼓鼓的臉，充滿憐愛地笑了起來，「不會啦，我只愛妳一個人。」綾乃像少女般害羞起來。哥哥看到女友高興的樣子和眾人的視線似乎有點難為情，恢復了原本的搞笑風格，迫不及待地問：「所以怎麼樣呢？要嫁給我？還是不嫁？」

綾乃一把搶走戒指盒子，發出歡快的笑聲說：「當然要嫁啊。」

哥哥，太好了。美咲用指尖擦著眼淚，看到哥哥能幸福，她也為哥哥感到高興。父母意外身亡後，哥哥向大學申請休學，繼承了這家店。他原本應該有自己想做的事，也曾經有過當老師的夢想，但哥哥放下了一切，為了美咲撐起了這個家，所以看到哥哥終於抓住了自己的幸福，她感到無比高興。

她為害羞地露出靦腆表情的哥哥和未來的大嫂用力鼓掌，拍得手都痛了。

在末班車之前，美咲送綾乃去了車站。

「以後妳就是我的大嫂了。」

「希望妳不要成為討人厭的小姑。」

「那就很難說了，應該要看妳的表現吧？」

「什麼意思啊！」綾乃噗哧一聲笑了起來。

「但是，你們結婚之後，我就要搬出去一個人住了。」

「為什麼？」

「新婚夫妻應該不想被小姑打擾吧？而且我之前就很想一個人住。」

美咲說了謊。想到將會失去目前的生活，她感到很寂寞。

「美咲，」

「嗯？」

「妳和我們一起住。」

「但是……」

「我想和妳一起住。知道嗎？這是大嫂的命令。」

美咲輕輕笑了起來。

「既然是命令，那就沒辦法違抗了。」

喜悅的心情讓她身體也溫暖起來。

來到梅之丘車站，綾乃隨口問：「對了，上次那個男生，之後也沒有聯絡妳嗎？」

「這件事就別再提了。」美咲把雙手插進連帽外套的口袋裡，露出了苦笑。綾乃似乎想要說什麼，但美咲覺得不管說什麼，都會讓自己感到悲哀，所以就揮了揮手說：「回家的路上小心點。」匆匆轉身離開了。

信步走在回家的路上，她想起了晴人之前說的話。

我會努力成為配得上妳的男人……因為第一次有人對自己說這種話，所以真的很高興，沒想到那傢伙從此音訊全無，讓美咲覺得當初感到高興的自己很蠢。可惡，這個光說不練的傢伙，竟然讓我這麼丟臉。

美咲不悅地皺起眉頭，仰頭看著有一半躲進雲層的月亮。

戀愛還是暫時休假，目前先努力工作，趕快成為可以獨當一面的美髮師，自己開一家店。即使為了一直支持自己的哥哥和綾乃，也必須好好努力。

這時，放在口袋裡的手機震動起來。一看螢幕上顯示的名字，她忍不住停下了腳步。

『朝倉晴人』這個名字讓她心臟用力跳了起來。

那麼久沒消沒息，現在還打什麼電話？而且自己才剛決定要衝事業。太晚了，再見。

哼。她鼻子噴氣，想把手機放回口袋……但手停了下來。她看著一直震動不已的手機，覺得來電不接似乎不太好，於是按下了通話鍵。

「喂？」因為太在意，結果發出了有點不悅的聲音。

『好久不見，我是朝倉。』

好久沒聽到他的聲音，感覺好像比之前低沉了。

『對不起，我一直沒有和妳聯絡。』

「不，不需要為這種事道歉，請問有什麼事嗎？」

『呃，不瞞妳說，我領到第一次薪水了。』

「第一次薪水？」

『對，我從上個月開始在攝影師的事務所工作。原本想更早告訴妳，但遲遲沒有適應新的工作。』

是喔，原來他又回去做攝影工作……嗯？這該不會是想要實現之前對我說，想要努力成為配得上我的男人？美咲眨眼的速度加快起來。

『呃，所以，如果妳有空的話……』隔著電話，可以感受到他的緊張，美咲也忍不住心跳加速，握著手機的手忍不住用力。

『可、可不可以一起吃飯！？』

這麼久沒有聯絡，打電話來就馬上約吃飯，未免想得太美了。美咲想要拒絕，卻發現自己在遲疑。她正在思考該如何回答，聽到他在電話中催促問：

『可、可以嗎！？』

怎麼辦？她的嘴巴動了半天，煩惱了很久，最後冷冷地回答「可以啊」，沒想到晴人像小孩子一樣興奮地問：『真的嗎！？』

原來他這麼高興……美咲想像著他在電話另一頭高興的樣子，心情無法平靜，身體就像海上的小舟般搖晃起來。

最後為了配合美咲休假的日子，約定下週一見面。

掛上電話後，美咲吐出一口氣，仰望著天空，發現剛才躲進雲層的太陽露出了臉。月光將身影拉得很長，美咲好像在追趕自己的影子般，再度踏上了回家的路，腳步似乎比剛才輕盈了。

到了約定的那一天，天氣很不穩定，天空中的烏雲壓得很低，上午時下時停的雨到了下午終於停了，但隨時可能下雨。

美咲躺在床上，正在翻髮型雜誌，一看床頭的鐘，發現已經五點十五分。差不多該準備出門了。她猛然跳起來，從抽屜中拿出化妝包。

自己答應赴約真的好嗎？她在化妝時，忍不住思考這個問題，但看到鏡子中的自己時，忍不住停下了手。她皺著眉頭，用指尖撥開頭髮。

白髮……白髮的數量和以前無法相比，簡直就像是咖啡中倒了牛奶，看起來格外明顯。

「怎麼會這樣……」

是因為最近太疲勞，壓力太大的關係嗎？還是……

她換了髮線，用黑髮遮住了白髮，試圖趕走內心的不安。

夜晚的新宿車站人潮擁擠。

到處都可以看到約完會的情侶，和已經喝了一杯，心情放鬆的上班族。美咲看了一眼手腕上的玫瑰金色手錶，發現早就過了約定的時間。

約了別人，自己竟然遲到。美咲忍不住生氣地嘟起了嘴，看到晴人迎面跑了過來。

不知道是否心理作用，好久沒見，他似乎變成熟了，白色七分袖的襯衫下露出的手臂很粗壯，臉上的表情也比之前精悍。不知道是否因為工作太忙了，頭髮凌亂，顯然好久沒剪了。

美咲無法直視他，不知所措地低下了頭。

「不好意思，我遲到了！」晴人頻頻鞠躬道歉。

「沒關係，我也剛到……」她偷偷抬起頭看他，發現他拆除了繃帶的耳垂上，留下了像紅色蚯蚓般的傷痕，讓人看了於心不忍。

「還是留下了傷痕。」美咲滿臉歉意地聳了聳肩。

晴人用手指夾住耳垂說：「現在不痛了，沒事。」他笑得有點誇張。

「那就好。」美咲雖然嘴上這麼說，但還是回想起那天的慘劇，內心因為罪惡感而隱隱作痛。

他挑選了一家位在從新宿車站往代代木方向的法國餐廳，穿越一條小巷，走大約十分鐘就到了。紅磚房子讓這家規模不大的餐廳散發出沉穩的感覺，從典雅的外觀就知道這家餐廳不便宜。餐廳籠罩在一片柔和的橘色燈光中，正方形的大餐桌上鋪著完全沒有任何折痕的乾淨桌布。晴人告訴店家事先已經預約，服務生立刻把他們帶到餐廳深處的餐桌旁。很有紳士風度的服務生請他們入座後，美咲突然緊張起來。這是她第一次在這麼昂貴的餐廳吃飯，一切都和有明屋完全不一樣。這裡既沒有紅燈籠，也沒有喝得爛醉的客人，當然也沒有囉嗦的老闆。

他為什麼挑選這麼貴的餐廳？她偷瞄了晴人一眼，發現他也很緊張。晴人一口氣把放在桌上漂亮杯子裡的水喝光，然後用餐巾擦拭著額頭上的汗水。

「我第一次來這種餐廳，所以很緊張。」

「第一次？」

「呃，對啊。這家餐廳是事務所的前輩介紹的，我說要和很重要的人吃飯，問她有沒有推薦的餐廳，她推薦了這裡，但好像有點不適合我。」

是喔，原來他也是第一次來這裡……嗯？他剛才是不是不經意地說了『很重要的人』？是故意這麼說？還是很自然地這麼說？

美咲搖了搖頭。不行不行，千萬不能被對方牽著鼻子走。

「新工作怎麼樣？你說是攝影相關的工作？」美咲問道，試圖改變話題。

「對，啊，但是有三個攝影助理，我是最底層的那個。每天都忙著做攝影的準備工作，還有搬東西，有點像打雜的，也整天挨罵。」

晴人垂著眉頭，露出了苦笑。

「而且我做事不得要領，工作常常做不完，常常睡在事務所。啊！今天沒問題，我今天有洗過澡了！」

晴人慌忙在臉前搖著手解釋，簡直就像做壞事被發現，拚命為自己辯解的小孩子。美咲覺得他的樣子有點可愛。

料理送上來後，因為看起來實在太好吃了，令人食指大動，完全忘了緊張。服務生向他們說明料理「這是檸檬香茅風白無花果和鵝肝醬的馬賽克醬糜」。名字太長了，她完全搞不懂，但吃了一口，真的美味無比，她忍不住瞪大眼睛「喔！」了一聲。

晴人看到美咲的樣子，垂著眼尾，笑得很開心。

上菜的速度很慢，所以聽晴人聊了很多工作上的情況。他目前在一個叫澤井恭介的廣告攝影師手下工作，美咲對攝影一竅不通，從來沒聽過這個攝影師，但聽說在廣告界很有名。

「原來你在這麼有名的攝影師的事務所工作，太厲害了。」

「是我運氣好，我看到雜誌上的徵人廣告，不抱希望寄了履歷應徵，沒想到竟然錄取了。我至今仍然不知道為什麼會錄用我。」

然後，他比手畫腳，開心地談論著澤井拍攝的照片有多麼出色。雖然應該和喝了葡萄酒有關係，但他這一天比以前更健談，可以從他的談話中感受到他對目前的工作樂在其中。

美咲把淋了荷蘭醬的白蘆筍送進嘴裡，忍不住在心裡思忖起來。是喔，原來他這麼努力。她發現自己面對和之前判若兩人的晴人有點不知所措。然後不禁思考，他是為了我才這麼努力嗎？是我太自戀了嗎？八成是因為他又開始做攝影相關的工作，然後樂在其中，所以才這麼努力。

但是……美咲的嘴角忍不住露出了笑容。他似乎很努力，真是太好了。

「我可以問你一個問題嗎？」

聽到美咲這麼說，他停下了手中的刀叉。

「我之前好像也曾經問過你，請問你為什麼想要成為攝影師？是不是有什麼契機？」

「也不能算是契機，」晴人用餐巾擦拭著嘴角，害羞地笑了笑。

「小時候全家去旅行時，我曾經用我爸爸的相機拍照，只是隨手把天空、雲或是神社之類的拍下來，然後覺得相機就像是魔法的工具。」

「魔法的工具？」

「相機是能夠像剪刀一樣把風景和人的笑容剪下來，收進照片的魔法工具。」

的確有道理。美咲吃著麵包，點了點頭。

「即使是不想忘記的事，人總有一天會忘記，而且時間在不停地流逝，相同的時間無法再度重現，但是只要有了相片，就可以永遠不忘記。這麼一想，就很想從事攝影工作，把別人重要的瞬間留在相片中。」

晴人用包了OK繃的食指摸著鼻尖，結結巴巴地說了起來。美咲看著他的樣子，覺得內心有點感動。視線不小心和他交會，她大吃一驚，慌忙低頭看著桌布。

「呃，如果妳不介意——」晴人滿臉緊張，一口氣把葡萄酒喝完了。「以後可以給妳看我拍的照片嗎？」

美咲害羞不已，拉著洋裝的袖子，不知如何是好。

「啊，對不起！我在開玩笑！不，也不是開玩笑，要怎麼說，就是……」

他用力深呼吸，然後用顫抖的聲音繼續說了下去。

「我之後會努力學習，精進自己的技術，所以，如果以後可以拍出很有自信的作品，到時候希望可以給妳看。當然，如果到時候妳想看的話。」

美咲微微點了點頭，費力地擠出「如果到時候想看的話——」這句話。

「太好了……啊，還有另一件事。」

「什麼！？還有！？」美咲忍不住說出了內心的想法。晴人說了聲「對不起」，然後一臉抱歉地從桌子下拿出一個包得很漂亮的小盒子，交給美咲時說：「生日禮物，雖然有點晚了。」

「禮物？」美咲大吃一驚，甚至忘了把嘴巴閉起來。

「因為我想挑選妳工作時可以用到的東西，但買了之後才想到，萬一妳不喜歡就慘了。所以這個禮物也一樣，如果妳願意使用，請妳拿來用。」

打開盒子一看，發現是剪刀包。全新的皮革香味撲鼻而來，看到這個櫻花色鞣皮的剪刀包，美咲情不自禁露出了笑容說：「好可愛。」

「我覺得這是屬於妳的顏色。」

「我的顏色？」

「像櫻花一樣……我覺得就是妳的顏色。」

美咲聽到他突然這麼說，害羞得臉都發燙了。

「啊，不是！因為我們之前一起去賞櫻，可能因為是這樣，所以才會有這種想法！」

晴人似乎也為自己的發言感到害羞，比手畫腳解釋起來，掩飾自己的害羞。美咲看到他的樣子，忍不住呵呵地笑了起來。

「我真的可以收下嗎？」

「當然啊。」

「謝謝你。我目前使用的剪刀包已經很舊了，我一直在猶豫，該不該買一個新的。我一定會好好使用。」

「看到妳這麼喜歡，真是太好了。」他鬆了一口氣似地靠在椅背上。

吃完晚餐，正在喝咖啡時，服務生把帳單送了上來。晴人打開皮革的帳單夾後，臉上露出一絲緊張的表情。一定很貴。從這家餐廳的氛圍和料理的味道來看——雖然美咲對自己的味蕾沒什麼自信——但應該超過三萬圓。

已經收了生日禮物，有點不忍心他花這麼多錢埋單。美咲從皮包裡拿出皮夾，晴人慌忙拒絕說：「我來埋單。」雖然美咲堅持了幾次，但他的態度很堅決。美咲聳了聳肩，覺得有點對不起他。

走出餐廳，外面下著雨。他們站在餐廳門口，抬頭看著下雨的天空。服務生走出來，遞給他們一把塑膠傘。晴人對著美咲舉起傘，露出像石頭般僵硬的表情問：「我們一起撐？」美咲用力點了點頭。

他們邁著相同的步伐，撐著同一把傘走向車站。去餐廳的時候覺得這條路並不長，但同撐一把傘走在街上時，就覺得這條路好像很遙遠。晴人微微斜著雨傘，以免美咲的肩膀淋濕。這份貼心讓美咲既高興，又害羞，忍不住偷偷看著晴人。這樣一看，就覺得他果然是個男人。他的喉結剛好在美咲視線的高度，脖子周圍也很壯。是因為每天都搬重物的關係嗎？隔著合身的棉質長褲，也可以感覺到他腿上的肌肉——

晴人也轉頭看過來，美咲慌忙移開視線。為了掩飾內心的慌亂，她快速地說：「還是讓我也出一半，而且你又送我禮物，這樣太不好意思了。」

「真的沒關係！讓我請妳！」晴人像被淋濕的狗一樣用力搖著頭。

雖然他這麼說，但他的薪水應該並不高，美咲不太瞭解攝影這個行業的薪水行情，但不好意思讓他在自己身上花這麼多錢。到底該怎麼辦呢？她看著手上拎著的禮物袋子，思考著下次該回送他什麼——

「啊！」美咲突然停下腳步，「那你至少讓我也回送你一個禮物！」

美咲打開Penny Lane髮廊的門鎖後，快步進去打開店內的燈，然後對等在外面的晴人說：「請進。」他緊張地走了進來，不安地垂著眉毛問：「真的沒問題嗎？妳真的不必介意，不需要回送我什麼。」

「沒關係，沒關係，至少讓我幫你剪頭髮。而且你的頭髮這麼長，去事務所上班會被老闆罵吧。」

晴人難為情地摸著一頭蓬亂的頭髮。

「來，坐下吧。」美咲用力拍了一下椅背。晴人坐下後，為他披上剪髮圍布時問：「整體剪短就好了，對嗎？」因為時間不早了，再加上他並沒有抹整髮劑，所以就省略了先洗頭髮這個步驟。

美咲把剛才收到的櫻花色剪刀包掛在腰上，隔著鏡子給晴人看。晴人興奮地笑著說：「很適合妳。」鏡子中的剪刀包的確很可愛，美咲的臉頰忍不住放鬆了。

好久沒有碰他的頭髮，摸起來感覺很柔軟。一旦這麼想，心情漸漸無法平靜。

美咲調整呼吸，開始為他剪頭髮。先從脖頸剪到頭頂，然後再剪側面和瀏海。基礎修剪完成後，用吹風機吹一下，調整量感，然後用打薄剪將髮根到髮梢打薄，最後再根據整體的質感稍微調整。

「怎麼樣？」她把鏡子舉到晴人的腦後問。

「謝謝，清爽多了。」晴人看著剛剪好的頭髮，笑得眼睛都彎了起來。

雖然時間倉促，但美咲覺得成果還不錯。她滿意地點了點頭。

然後，又帶他去了洗頭台洗頭髮，在他臉上蓋了紗布後，用蓮蓬頭輕輕沖濕他的頭髮。

「不好意思，好像反而讓妳費心了。」被紗布蓋住臉的晴人說。

「我才不好意思，但通常第一次領薪水，不是都會買禮物送給父母嗎？你用在我身上會遭天譴吧？」

美咲邊為他沖頭髮，邊半開玩笑地笑著說。

「……應該送給妳。」

「啊？」

「因為當時是妳在我背後推了一把，所以我才能再次從事攝影相關的工作。雖然目前還是最低層的攝影助理，工作也做不好，但是因為託妳的福，才能夠不放棄夢想。」

「我什麼都沒做！那一次該怎麼說，我只是想說什麼就說出來而已！」

一旦產生了奇妙的意識，很平常的洗頭好像變成一種特別的行為。碰觸他頭形完美的腦袋令人不禁害羞起來，美咲覺得自己的臉發燙，好像快噴火了。

「美咲小姐，」

美咲無法正視他，只是瞥了他一眼。

「我之前一直說謊，真的很抱歉。」

「不，別這麼說……」

「但有朝一日，我會讓這個謊言成真。」

他語氣堅定地說，似乎充滿了決心。

美咲聽他這麼說時，忍不住想，他正努力把那個謊言變成事實。即使整天挨罵，即使忙得沒時間睡覺，也為了實現和我之間的約定而努力。

——我會努力成為配得上妳的男人！

為了實現這個約定。

「……為什麼？」

她忍不住想知道。

「為什麼是我？」

美咲一直感到很不可思議。他為什麼會喜歡我？她忍不住想要確認。但問了之後，才發現自己問了奇怪的問題，馬上就後悔了。

為了掩飾害羞，她立刻補充說：

「我並沒有你以為的那麼好，你絕對高估我了！我只是一個很平凡的女生，既不漂亮，身材也很差，個性很像大嬸，一旦情緒激動，就會開口罵人，而且——」

「即使這樣，我還是覺得很好。」

聽了這句話，美咲一時語塞。

「每次看著妳為我剪頭髮，我就忍不住想，我到底在幹什麼。我為放棄了攝影，每天碌碌無為的自己感到羞恥。一直很希望自己能夠像妳一樣，專心投入自己的工作。」

美咲不知道該怎麼回答，打開了水龍頭。他可能也很緊張，用力抓著自己的長褲。兩個人都顯得有點尷尬。

「但你現在很努力投入工作啊。」

美咲故意表現得很開朗，但晴人什麼都沒說。因為紗布蓋住了他的臉，所以看不出他在想什麼。

尷尬。真希望他趕快說點什麼……

這時，聽到他幽幽地說：

「因為我愛上了妳。」

他的聲音顫抖，手指也在發抖。聽到他努力告白，美咲內心深處一陣刺痛。

「我很慶幸自己喜歡妳。」

溫暖的水沖濕了美咲有點粗糙的手。他們兩個人都沒有說話，店內只聽到沖水的聲音。美咲輕聲呼吸，以免發出聲音。因為她覺得只要張開嘴巴，他就會聽到自己的心跳聲。

自己是不是該回答……但是要怎麼回答？真傷腦筋。自己太詞窮了。說「謝啦，謝啦」太輕浮，說「我受寵若驚」似乎也不對。所以要說「真榮幸」嗎？但如果這麼說，就好像已經接受了他的告白——

「對不起對不起對不起對不起對不起！」

晴人突然像機關槍一樣道歉起來。美咲被他的聲音嚇到，肩膀抖了一下，後退一步說：「怎麼了？」

「我剛才是不是超噁心！？因為妳看不到我的臉，所以就得意忘形，連續說了這麼噁心的話！真的很對不起！妳一定嚇到了吧！？」

「不，呃……」

「我就知道！當然會嚇到啊！就連我自己也都嚇到了！妳絕對會覺得這種連帥氣的帥都沾不到邊的垃圾男竟然得意忘形！對不起！請妳忘了我剛才說的話！真的對不起！」

晴人不顧頭髮上還有洗髮精，就翻了個身，背對著美咲。他的耳朵像燒過的鐵一樣紅。

不需要這麼自卑……美咲看著晴人痛苦的樣子，噗哧笑了起來。

剪完頭髮，走出髮廊，晴人似乎仍然在為剛才的發言耿耿於懷，幾乎沒有開口。

剛才那場雨已經停了，月光隱約浮在水窪中。美咲跨過水窪，走在晴人的前面。腦海中浮現他剛才說的話，臉頰又忍不住稍微放鬆了。

來到下北澤車站，兩個人仍然默然不語地走進驗票口。

「我要搭京王線。」

「我要搭小田急線。」

「那就在這裡……」

「今天謝謝你的款待。」

「不，我才要謝謝妳。」他摸著剛剪好的頭髮。

「拜拜。」她將手舉到胸前。

「拜拜……」

晴人依依不捨地邁開步伐。美咲注視著他的背影。他走了。正當美咲這麼想的時候，忍不住叫了一聲「那個」，晴人轉過頭，美咲把玩著皮包的背帶，低頭說不出話，最後用幾乎被電車聲淹沒的聲音小聲嘀咕：「可以讓我考慮一下嗎？」

「考慮？」

「關於你的事。」美咲抬起了頭，「你剛才說的話，我可以認真考慮嗎？」

他驚訝得瞪大眼睛，張大了嘴。

「妳是說……」

「啊，電車來了！」美咲逃也似地搭上電扶梯。

「我等妳！」背後傳來晴人的聲音。

她不知道該不該回頭。現在回頭，他一定看著自己，但美咲太害羞了，無法回頭看，而且被他看到自己喜孜孜的表情也有點丟臉。

回到有明屋，正在烤雞肉串燒的貴司叫住了她：「怎麼這麼晚？妳去哪裡了？」美咲根本無心回答，晴人說的話在腦袋裡打轉，就像黃金鼠一直在滾輪上跑不停。

「……他說喜歡我。」

聽到妹妹這句震撼的話，貴司瞪大眼睛問：「那個攝影小子嗎！？」那些老主顧哭喪著臉叫著：「美咲，妳千萬別上他的當！」美咲不理會這些大叔，一口氣衝上樓梯。她覺得好像踩在雲上，中途絆了一下，忍不住叫了一聲：「好痛！」

隔天，美咲就發燒了。

身體健康明明是自己唯一的優點……絕對是他的錯。她想起晴人的臉，忍不住噘起了嘴。都怪他說一些莫名其妙的話，害自己發燒了。

一看體溫計上三十七度八的數字，美咲嘆了一口氣。今天已經有客人預約，所以不可能請假，只能吃感冒藥硬撐了。

上班時，因為專心工作的關係，所以忘了身體的不適，但客人離開後，就覺得渾身無力，立刻癱在休息室內。

打烊後，前輩說要幫忙打掃，所以她這天提早下班回家。她在車站前的便利商店買了一大堆精力飲料，吃了哥哥幫她煮的熱鹹粥，就立刻上床休息了。

躺在床上昏昏沉沉地想起了昨天的事。不管過程如何，有人說喜歡自己，當然不可能不高興。……嗯？並不是任何人說喜歡自己，自己都會感到高興。如果是老主顧大熊哥說喜歡自己，就會很傷腦筋，店長也一樣。因為店長太輕浮了。所以，是因為他說喜歡我，所以我才高興嗎？我有高興嗎？沒有沒有，只是沒有不高興而已。

手機震動起來，她以為是晴人打來的，但螢幕上顯示了『綾乃』的名字。她得知美咲生病，所以打電話來。

『可能是因為被告白，結果想太多就發燒了。』

一定是哥哥告訴她的……

「才不是這樣。」美咲皺著鼻頭說。

『美咲，妳為戀愛煩惱真是太難得了。』

「人家在生病，妳別說風涼話了。」

『對不起，對不起。』綾乃在電話那一頭呵呵笑了起來，『但是，如果妳真的在煩惱，不如跳進去看看？不是常有人說，在看之前，先跳進去再說嗎？』

「怎麼可能這麼輕易跳進去？」

『也許是這樣，但我認為想不想跳進去才是重點，不是嗎？』

掛上電話後，美咲鑽進被子，回想起晴人的話。

——我很慶幸自己喜歡妳。

雖然他這麼說，但自己並不瞭解他，而且仔細思考後，就更加不安了。問我想不想跳進去，我根本不知道該怎麼辦。

——被愛是一件很棒的事，我相信是身為女生來到這個世界的幸福之一。

雖然綾乃以前曾經這麼說，但自己可以認為這是邁向幸福的第一步嗎？啊，頭都痛了！今天先不想這些，為了明天的工作，今天要以趕快退燒為首要任務。她這麼告訴自己，閉上了眼睛。

＊

看來會被拒絕。絕對會被拒絕。因為已經整整兩個星期沒消息了。她當初說，我會認真考慮你的事，該不會是考慮要不要去報警說我是跟蹤狂？嗚哇，果真如此的話，那就太丟臉了！

躺在床上的晴人整個人都跳了起來，簡直快把彈簧都跳壞了。

也許應該謹慎行事，不應該操之過急。這麼一想，就越來越後悔。他決定下次見面時，坦誠說出自己的想法。多虧了她，自己終於再度開始從事攝影相關的工作，無論如何都希望把這件事、這份感謝告訴她。

他看著放在桌上的尼康F3。之前一直放在壁櫥內，黑色的機身閃閃發亮，好像在為再度呼吸到外界的空氣感到高興。

隔天，晴人身為攝影師澤井恭介的攝影助理，在為拍攝某家化妝品公司新推出的口紅做準備工作時，被助理主任前輩破口大罵。前輩事先曾經交代他要注意維持攝影樣品的標籤貼紙——就是印了文字的貼紙——的清潔，但他不小心撕下了。

「到底要犯幾次錯才能汲取教訓！王八蛋，真是受夠了！」

性情溫和的澤井安撫著大發雷霆的前輩，但最後那句「朝倉，你的確太常犯錯了」說到了晴人的痛處。

幸好化妝品公司的人帶了備份樣品，才得已順利開始拍攝工作。晴人利用拍攝的空檔，在攝影棚角落垂頭喪氣地吃便當時，前輩攝影助理市川真琴問他：「你沒事吧？」真琴搖晃著綁在腦後的馬尾，探頭看著晴人的臉，笑著說：「看來你很沮喪啊。」他尷尬地鞠躬說：「剛才真的很對不起。」

晴人的工作幾乎都是真琴教他的，她已經當了兩年攝影助理，而且還受澤井牽線介紹的廣告公司窗口的委託，負責網路廣告的風景照。她才二十六歲，深受客戶信賴，是很有前途的攝影師。

只差兩歲而已……晴人不禁厭煩自己的無能。

「振作起來，剛開始誰都一樣。高梨先生很嚴格，所以我也能理解你沮喪的心情。」

高梨就是剛才對他大發雷霆的助理主任。高梨健三。理著光頭，眼神很凶惡，只要他一瞪眼，膽小的晴人就會嚇得整個人都瑟縮起來。

「我的確該罵，因為沒有做好主任事先交代的事……」

「也許吧。」真琴笑了笑，「但我告訴你一個秘密，高梨先生剛進來時，做事也完全不行。」

「啊？真的嗎？」

「真的真的，所以——」

「朝倉！王八蛋，你敢在我背後說我的壞話，小心我把單眼相機塞進你肚子！」

晴人看到高梨邊罵邊搖晃過來，頓時嚇得臉色發白，說了聲「我、我去幫大家買茶」，就逃出了攝影棚。

他深刻瞭解自己做事不得要領，學習的速度也很慢，即使把前輩的指示寫在便條紙上，也會把便條紙搞丟。照目前的情況下去，永遠都無法成為獨當一面的攝影師，必須更用心才行……

他從自動販賣機拿出大量茶飲，雙手抱著準備回攝影棚……這時，手機發出了巨大的聲音。

哇，絕對是高梨先生。一定要我幫他買胡椒博士汽水。

他拿出手機一看螢幕，因為太驚訝，手上的寶特瓶全都掉在地上。

「喂、喂喂喂、喂？」他因為太興奮，連聲音都分岔了。

『好久不見。』

這通電話是美咲打來的。

『不好意思，一直沒有和你聯絡，因為一直發燒不退。』

「發燒？妳生病了嗎！？沒事吧！？」

『現在已經沒事了。呃，請問、朝倉先生……你今晚有空——』

「有空！完全有空！空得不得了！我差不多八點左右可以結束，之後不管去哪裡都沒問題！」

『那要不要九點約在澀谷見面？』

「當然要！」

掛上電話後，他拚命調整急促的呼吸。

她、她該不會要回覆上次的問題？回覆自己的告白？既然她特地約自己見面，該不會……OK？不不不！朝倉晴人，你太猴急了！以前就經常因為過度期待，結果受傷慘重！中學二年級時向京子學姊告白時，原本以為京子學姊會答應，結果有一大票拿著球棒的不良少年出現！所以這次也不能抱有期待！但是，也許……

「朝倉！幹嘛把茶飲都丟在地上，一個人在那裡傻笑！如果你再偷懶，小心我把三腳架塞進你嘴裡，要你好看！」

就像當年那些不良少年把球棒扛在肩上一樣，扛著三腳架的高梨狠狠瞪著他。

無論如何，今天要好好工作，努力早點下班。晴人用力吞著口水。

收拾作業耽誤了時間，直到八點四十分之後才終於下班。從位在代代木上原的事務所騎腳踏車到澀谷不到二十分鐘，他鞭策著疲憊的身體，拚命踩著踏板。

星期五夜晚的澀谷熱鬧非凡，街上年輕人語笑喧譁。

他把腳踏車停在腳踏車停車場後走去車站。遲到了五分鐘。這麼重要的時刻，竟然還遲到。他慌忙四處張望，在忠犬八公銅像前發現了美咲。

「我來晚了！」

聽到晴人的聲音，她嚇了一跳，肩膀抖了一下。然後深深鞠躬，小聲地說：「不好意思，讓你下班之後還特地跑一趟。」

「怎麼會呢！千萬別這麼說！啊，如果方便的話，要不要一起吃飯？」

「好啊。」她的笑容看起來很勉強。這樣的笑容讓晴人感到不安。

恐怕不行……

在等待行人專用時相的紅燈時，美咲始終不發一語

她不說話……她要拒絕我……完了……一切都完了。

恐懼讓他的後背發冷。

「還是不行！」這時，美咲突然緊緊抓著焦糖橘色的裙子，轉過頭說。

不行？什麼不行！？我嗎！？是在說我不行嗎！？

「我……真的很抱歉！」

看吧，我就知道！她拒絕我了！只要稍微有一點期待，就會遇到這種結果！

「我太緊張了，一定吃不下飯！」

「吃飯？」晴人一臉錯愕地問。

「那天之後，我想了很多，想了很多和你……」

美咲害羞地低下頭。

「因為第一次有人對我說那樣的話，所以我很高興，但是我完全不瞭解你。」

她的聲音好像被強風吹動般發著抖。

但聽她的聲音就知道，她努力鼓起勇氣說這些話。

「所以，不知道該怎麼說，那個……我……」美咲用力抓著頭叫了一聲：「啊！真是的！對不起，我說話不乾不脆，我會好好把話說清楚！」

號誌燈變成了綠燈，美咲直視晴人的臉。

「我也希望可以喜歡你！」

人潮超越了他們開始走動。

「所以……如果你覺得我可以——」

路燈將她泛紅的臉照得格外美麗動人。

「請你和我交往。」

無論街上擠了多少人，無論街頭有多麼喧鬧，都可以清楚聽到她的聲音。

「……真的可以嗎？」

「對。」美咲點了點頭。

「太好了——」

晴人無法克制內心的喜悅，大聲歡呼起來。路人看著他們。美咲拉著他的襯衫袖子說：「不要這樣啦！」晴人縮起肩膀，然後露出滿面笑容對她說：

「美咲小姐，謝謝妳。」

「不，不用謝，我才要謝謝你。」

美咲害羞靦腆的樣子格外可愛。

只要短暫一瞬間，就可以讓人生發生巨大的改變。在紅燈變成綠燈的短暫片刻，就可以讓人這麼幸福。

是她帶給我這份幸福。

她原諒了說謊、沒出息的我，還說希望可以喜歡我。我要一輩子珍惜她，希望有朝一日，可以成為配得上她的男人。

晴人摸著左耳。

他在內心對著隱隱作痛的傷痕許願。

希望這份幸福永遠持續。

希望我和美咲的未來能夠像東京的這片夜晚般璀璨。

他無法不這麼許願。

雖然那將成為無法實現的心願……

第二章　夏

時序進入七月，雨季結束，正式迎接了夏天。

連續好幾個悶熱的夜晚，就會忍不住把手伸向冷氣的遙控器，但每次都無法擺脫窮人的節儉，覺得這麼早就開始開冷氣，電費會很可怕，結果就只好開著電風扇熬過一晚。

美咲最近一直很忙。因為每個人都帶著對夏天的期待，想要改變一下髮型，所以每天的預約都排得很滿。

這一天，美咲從一大早就連續為四個客人剪頭髮。

下午兩點，才終於有時間吃午餐，忍不住輕聲嘆息。她的肩膀痠痛，腰腿都使不出力。最近的體力真的大不如前，已經不僅是無法消除疲勞而已，連眼睛也開始有點花了。對美髮師來說，眼睛很重要。因為在剪髮時要用剪刀，稍不留神，就可能導致客人受傷。就像晴人之前那樣。

美咲回想起之前不小心剪到他耳垂時的情況。

真是做夢也沒有想到，竟然會因為『耳垂事件』開始和他交往。老實說，晴人的長相並不是她喜歡的類型——這麼說，似乎對他有點失禮——而且當時他還謊稱自己是攝影師。既然這樣，自己為什麼還會和他交往？美咲至今都為這件事感到不解。但是，和他交往一個多月，託大家的福，一切都很順利。雖然好像也沒特別託誰的福。

吃完午餐後，她決定去散步，順便散散心。

一走出髮廊，熱氣立刻包圍了全身，她抬頭仰望天空。熾熱的太陽好像在燃燒，讓人不禁想問太陽，難道就如此痛恨這個世界嗎？

她信步走在不規則反射陽光的柏油路上，然後在附近公園的長椅上坐下來喘一口氣，發現有一隻雙色貓正在樹蔭下睡得很香甜。不久之前，晴人曾經給她看一本長得像飯糰一樣的貓咪寫真集，所以她最近也很愛貓。

因為眼前的這貓太可愛了，她拿出手機準備為牠拍照，沒想到雙色貓狠狠瞪了她一眼，好像在說：「別擾人清夢！」就轉身離開，不知道準備去哪裡。

不小心吵到牠了。美咲滿心歉意地目送著那隻貓離開，拿在手上的手機震動起來。一看螢幕，情不自禁地露出了笑容。是晴人傳來的訊息。

【今天是星期天，我猜想妳一定很忙……但是明天就休假了！好好加油！啊，也要注意身體！】

晴人傳的訊息內容好像長輩才會說的話，美咲忍不住呵呵笑了起來。

舒服的風吹過樹蔭，感覺比剛才稍微涼爽了一些。青剛櫟的樹葉被風吹得沙沙作響，美咲坐在長椅上回覆訊息。

【好，我會努力工作。你也要好好工作。】

這樣回覆會不會太無味？那就加一個心形符號。

她以前做夢都不可能想到，自己竟然會用心形符號。因為晴人經常使用表情符號，所以自己好像也漸漸受到影響。但是，這樣逐漸受到他的影響而改變並不會感到不舒服，相反地，反而覺得很開心。所以現在的心情比以前平靜多了，即使在工作上遇到不順心的事，也不會太在意了。這是不是意味著自己的心放寬了？她很感謝晴人，是他讓自己心胸變得寬闊。

但是，說句心裡話，她很希望彼此說話時，不要再用客套的敬語，而且還希望可以牽手。交往至今已經一個多月，這樣會要求太高嗎？

這一個月來，他們利用工作的空檔，即使時間再倉促，也會盡可能相約見面。有時候在下班後去看晚場電影，或是一起吃飯。起初有點話不投機，在咖啡店長時間相對無言，但之後漸漸有了共同的話題，美咲也開始瞭解晴人。他——雖然有說謊的前科——個性很忠厚，優柔寡斷，做事雖不夠積極主動，但他很勤快，會每天傳訊息、打電話關心她的工作和身體的狀況。因為開始交往的過程很不尋常，所以美咲暗自慶幸他不是一個奇怪的人。即使對他有一些不滿，但目前更想好好感受他的體貼溫柔。這種好像搖籃般的溫柔，讓美咲感到很舒服自在。

幾天之後，美咲又發燒了。

最近經常生病。低燒常常持續一個多星期不退，吃市售的感冒藥也仍然不見好轉。美咲看到體溫計顯示三十八度的數字，就不由得感到沮喪。幸好這一天她剛好休假。無論如何，今天就好好休息，努力讓體力恢復。

她告訴貴司自己發燒了，貴司用有點嚴厲的語氣責罵她：「我不是說了好幾次，叫妳去醫院檢查一下嗎？」

「只是感冒而已，我去車站前找黑木醫生看過了，他也說沒有什麼異常。」

「但他不是說，為了以防萬一，叫妳去大學醫院檢查一下，還開了介紹信給妳嗎？」

「我會去啦。」

「今天就好好在家裡睡覺。我等一下要去銀行，然後直接去採買，傍晚才會回家，妳沒問題吧？」

「當然沒問題，我又不是小孩子。」

「有沒有要我帶什麼東西回來？」

「我想吃果凍。」

「妳是小孩子嗎？整天都想吃。」

「要你管！我還要吃冰棒，幫我買『嘎哩嘎哩君冰棒』。」

「好啦。」

貴司一臉無奈地走了出去。只剩下一個人的家格外安靜，讓人有點不自在。再加上平時是熱鬧的居酒屋，所以這種感覺特別強烈。她吃了感冒藥，電風扇開了弱風，蓋上毛巾被，準備傳訊息給晴人。如果告訴他自己發燒了，他一定很擔心，但美咲有點想讓他擔心，所以最後傳了這樣的訊息。

【我又發燒了……但只是低燒，所以不必擔心（＞＿＜）】

看了內容，覺得有點搞不清楚自己到底想讓他擔心，還是怕他擔心了。

因為之前告訴他，今天是休假，所以他搞不好馬上就會回覆訊息。美咲閉上眼睛，內心期待著，但遲遲沒有收到回覆。「哼，竟然不理我。」她嘟著嘴，用毛巾被裹住身體，不一會兒就睡著了。

中午過後，她餓醒了，發現身體已經舒服多了。量了體溫，發現已經退到三十七度，暗暗鬆了一口氣。

她吃著哥哥出門前為她做的鹹粥，心不在焉地看著電視上的談話性節目，接到了晴人的電話。

『美咲小姐，妳還好嗎！？』從他的聲音，就可以察覺到他極度擔心。聽到他慌亂的聲音，美咲暗自感到高興。

「嗯，燒已經退了，所以沒問題。對不起，讓你擔心了。」

『千萬別這麼說！啊，如果需要藥或是其他的東西，記得告訴我！我會馬上送過去！』

是喔，原來他願意送過來。美咲點著頭，看向牆上的時鐘。哥哥還不會這麼快回來。要不要叫他來家裡？不行不行，萬一被哥哥撞見就麻煩了。但最近都沒時間見面，嗯，好像有點想見他。

美咲咳了一下說：

「那我可以把你的話當真嗎？」

晴人不出三十分鐘就趕到了，美咲沒想到他這麼快出現，拿著手機跳起來。

「沿著居酒屋旁的樓梯走上來就是後門，啊，你在門口等我一下！」

掛上電話後，她巡視著凌亂的房間。

要趕快整理！她慌忙把原本亂丟在房間的襯衫和內衣褲塞進壁櫥，用除塵滾輪清理了地毯，然後決定忽略插了很多插頭的多孔插座。為了以防萬一，最後還噴了除臭噴霧。

好，一切準備就緒。她正打算走出房間時，看到拉門旁的鏡子，忍不住「啊！」地叫了起來。

慘了，沒化妝！T恤也皺巴巴！而且還印了『THE京都』的文字！

她慌忙換了一件最可愛的居家服，戴上口罩遮住素顏，最後用手梳理了頭髮，說了聲：「好！」走向後門。

打開門一看，發現晴人喘著氣，雙手抱著滿滿的精力飲料、感冒藥和寶礦力水得站在那裡，額頭上的汗珠顯示他一路急著趕過來。

「請進。」美咲邀他入內，他說了聲：「打擾了」，小心翼翼地走了進來，簡直就像是探險家走進人類未開墾的地方。

把晴人帶回自己房間後，美咲想到一件事。

這好像是我第一次帶男朋友回自己房間……

一想到這件事，心跳就像廟會似的大鼓一樣發出巨大的聲響。

真傷腦筋。到底該聊些什麼？無論如何，要先排除眼前這份沉默。

「啊，你是第一次來我家吧！？看到這麼舊的房子，是不是嚇到了？」

「沒這回事！我家的房子更舊！已經有三十年的屋齡，破爛得會讓人笑出來！」

「是喔……但我家的屋齡有四十年了。」

「喔……完全看不出來。」晴人的嘴角抽搐起來。

「真不好意思，在你休假時打擾你。謝謝你特地來看我。」

「千萬別這麼說，妳找我幫忙，我很高興。」

是喔，原來他很高興……戴著口罩的美咲忍不住笑了起來，把他帶來的救援物資放在地毯上。

「你買了這麼多東西，啊，還有果凍。」

「因為之前曾經聽妳說，妳喜歡吃這種果凍。」

原來他記住了。美咲稱讚他說：「你真內行！」

「但好像還應該順便買喉糖。」

「喉糖？」

「因為那個、口罩。」他指著自己的嘴巴說：「妳是不是喉嚨痛……啊，妳咳嗽了！？原來是咳嗽啊！咳嗽的時候，把蜂蜜加在熱水中，做成蜂蜜水後喝下去──」

「不是。」

「啊？」

「不是你想的那樣。」

美咲難為情地低下了頭。

「……因為我素顏。」

「素顏？」

「因為我沒化妝很醜，所以戴口罩……」

晴人似乎終於聽懂了，張大嘴巴說：「原來是這樣啊。對不起，我沒有注意到。」

「不，是我的錯，引起了你的誤會。」

兩人陷入了尷尬。晴人跪坐在那裡，似乎在想什麼。

他、他在想什麼？美咲警戒地皺起了眉頭。

「美咲小姐，」他一臉嚴肅地看了過來，「如果妳不介意的話……」

「是……」

「可不可以讓我看看妳的素顏——」

「當然不行啊！」

「對不起。」晴人垂頭喪氣地回答。

不行不行，絕對不能讓人看到自己的素顏。美咲抱著雙腿，好像在保護自己，然後把額頭頂著膝蓋，小聲地說：「因為我是娃娃臉，如果不化妝，看起來就像小孩子，所以你看到的話，一定會笑出來。」

「我不會笑！我向妳發誓！」

「你向我發誓，我也很傷腦筋……」

「啊，不是，但我絕對不會笑！」

他這麼想看嗎？他哀求的眼神讓人於心不忍。

怎麼辦？美咲抱著雙腿的手忍不住用力。

「……你不會笑嗎？」

「啊？」

「你真的不會笑嗎？」

「不會！如果我笑出來，妳可以打我兩三拳！」

「真有自信……」

「我有！我很有自信！」

即使像政治人物一樣握起拳頭，也……

在他充滿期待的眼神注視下，美咲終於卸下心防，覺得似乎無路可逃了。

「那……只給你看一下。」

「真的嗎！？」

「有這麼高興嗎！？」

「當然高興啊！」

他拚命點著頭，簡直懷疑他的脖子都快斷了。

為什麼看到女生的素顏就這麼高興？美咲不太瞭解男人的這種心理。這輩子除了哥哥以外，第一次讓男生看到自己的素顏。慘了……臉頰好像越來越燙了。

「那就恕我失禮了。」

晴人離開了坐墊，向美咲的方向爬了過來。

「等、等一下！」

「啊？」晴人看到美咲大吃一驚地往後退，也停了下來。

「你要幫我把口罩拿下來嗎？」

「不、不行嗎？」

「也不是不行……」

他想親手拿下我的口罩嗎？這也是男人的心理嗎？

「那就……」晴人靠了過來。美咲覺得心跳加速，好像又快發燒了。看到他纖細好看的手指逼近左耳，她忍不住閉上了眼睛。他撥開頭髮的手指溫柔地碰觸到耳朵，因為很癢，她忍不住抖了一下。

拿下口罩後，露出了美咲有點稚氣的素顏。晴人不發一語地注視著，美咲終於忍不住低下頭說：「你倒是說話啊。」

「很可愛……」

這句話讓美咲的耳朵發熱，已經無法分辨到底是害羞還是難為情，身體的溫度調節功能好像出了問題。既希望眼前的時間趕快過去，又希望可以一直持續下去，各種感情在內心打轉，不知如何是好。

「沒這回事。」美咲把身體蜷成一團，簡直快變成了球體。

「怎麼會沒這回事！真的超可愛！」

自己是不是太奸詐了？因為覺得只要自己說「沒這回事」，他就會否定。因為想再次聽他說自己可愛，所以才故意那麼說。

「呃，美咲小姐，」

美咲抬起頭，發現他舉起了單眼相機。

「因為妳很可愛，所以我可以為妳拍照嗎？」

「絕對不行。」

「能不能通融一下？」

「當然不可以拍我素顏的樣子！而且你什麼時候把相機拿出來了！？」

晴人一臉遺憾地放下了相機，臉上的表情就像看到飼主外出的小型犬一樣可愛。美咲忍不住出聲笑了起來，他也跟著露出了笑容。兩個人的眼神交會，晴人收起了笑容。美咲的心臟劇烈跳動。他的嘴唇慢慢靠了過來——

「如果你敢吻她，我就殺了你！」

晴人整個人跳了起來。回頭一看，發現貴司眉頭皺得像溪谷一樣深，正狠狠瞪著他。

晴人的臉像地球儀一樣青。

「……打、打擾了。」

「啊？」

「我不是什麼壞人！」

「啊？」

晴人慌忙從背包的口袋裡拿出名片，半蹲著遞給貴司。

「我叫朝倉晴人，正在和美咲小姐交往！請多指教。」

貴司把名片揉成一團，丟到走廊上。

「啊——嗯？你這個王八蛋，先親我妹，才遞名片給我，是沒把我放在眼裡嗎！？」

「沒這回事！而且我也還沒親到。」

「還沒親到！？你的意思是說，以後早晚會親到嗎！？」

「不是！不，但是早晚會……我、我不會！絕對不會！啊，但是……」

「你一個人在天人交戰個屁啊！給我滾！你這個變態攝影小子！」

貴司把他的背包丟了過去，晴人整個人跌倒在地上。美咲用眼神向他示意「有理說不清了，你快逃」，他一臉快哭出來的表情，用力點了點頭。

「還使什麼眼色！？小心我把你的眼珠子挖出來！」

「我、我告辭了！」晴人像脫兔般衝了出去。

沒想到哥哥這麼快就回家了。看著貴司氣鼓鼓地走出去後，美咲在心裡向晴人道歉。

晴人，對不起……

不一會兒，放在床上的手機響了。是晴人打來的。

『喂，美咲小姐嗎？』

「對不起，你是不是嚇到了？」

『我以為心跳快停了。』他的聲音還在發抖。

「我想也是，對不起。」她向電話那一頭的晴人鞠躬道歉。

『妳可以開窗戶嗎？』

「窗戶？」打開床邊的窗戶，發現晴人站在居酒屋前，抬頭看著自己。美咲縮起肩膀說了聲：「對不起。」他笑著搖了搖頭。

了。

「希望妳的身體趕快好起來。」

美咲看著面帶微笑的晴人，忍不住覺得他就像是良藥，讓自己的身體和心情都變輕鬆了。

「等妳好了，我們一起去看煙火。」

美咲笑著點了點頭，「那我就馬上好起來。」

他離開後，美咲仍然看著窗外的風景。

暮色將近，溫柔的風吹進了房間。她感受著這陣風，回想起他剛才說的話。

——很可愛……

這是第一次有人對自己說這種話。美咲實在太高興了，忍不住一次又一次感到害羞，然後再度慶幸自己當初接受了他的告白……

晚上吃了貴司做的蛋花烏龍麵後泡了澡，在浴室照鏡子時，發現白髮又變多了。這和醫生叫自己去大學醫院檢查一下有什麼關係嗎？不安讓她感到背脊發冷。

躺上床後，立刻感受到睡意，但在深夜三點多時，被全身的劇痛驚醒。全身所有的關節都疼痛不已，渾身發冷，頭痛欲裂，她忍不住叫了起來。以前從來沒有體會過的疼痛讓她一時之間不知道發生了什麼事，她用枕邊的溫度計量了體溫，發現超過三十九度。貴司急忙為她拿來了冰袋。

「妳真的要去醫院檢查一下，知道了沒有？」

美咲輕輕點了點頭。

——等妳好了，我們一起去看煙火。要趕快好起來。因為已經和晴人約好了……

*

電話響了。正在擦地的貴司嚇了一跳，抬起了頭。

他覺得今天的鈴聲和平時不一樣，似乎帶著某種「預感」。他以前也曾經體會過這種感覺，這就是父母去世的時候。警察打電話來通知那起意外時，電話的鈴聲聽起來也像現在這樣可怕。

他把拖把靠在椅子上，用掛在腰間的毛巾擦了擦手，努力讓心情平靜下來。別擔心，是我想太多了。然後，他小心謹慎地接起電話。

「你好，這裡是有明屋。」

等待對方開口的時間顯得格外漫長，簡直有點不耐煩。這時，電話彼端的人緩緩開了口。

『你好，我姓神谷，是慶明大學醫院遺傳疾病的醫生。」

醫院？遺傳疾病？貴司用力握住聽筒。

『請問是有明美咲小姐的家嗎？』

「對。」

『請問——』

「我是她哥哥。」

『是這樣啊。』醫生沉默了幾秒鐘，然後用鄭重的語氣對貴司說：

『我有急事想要聯絡令妹——』

貴司覺得眼睛發黑，好像突然變成了夜晚。

隔天是星期六——貴司心情黯然。醫生突然打電話來，提到了遺傳疾病和急事……雖然醫生在電話中沒有提及詳情，但好像是看了美咲之前做的檢查結果，認為需要進一步做檢查。但是，美咲退燒之後，身體狀況一直不錯。食慾旺盛，氣色也很好，難以想像之前曾經發高燒。看到妹妹健康的樣子，就受到很大的鼓勵。她身體那麼好，不可能得什麼嚴重的疾病。

「我說美咲啊……」貴司想告訴她接到醫院打來的電話。

「你什麼時候要和綾乃去註冊？」

「……她最近很忙，等她忙過這一陣子再說。」

美咲突如其來的問題，讓他無法說出原本想好的話。

「你別說這種話，小心她到時候不理你。」

「妳少囉嗦。」

「啊，我傍晚過後要出門。」

「今天不是星期六嗎？妳不去上班？」

「唉，我昨天不是說了嗎？今天店裡要做內牆工程，所以臨時放假一天。」

「好像真的聽妳提過，妳要去哪裡？」

「要和晴人一起去看煙火。」美咲拿著咖啡杯，喜孜孜地瞇起了眼睛。

「是喔。」看到她的笑容，貴司笑了笑，沒再說什麼。

「太奇怪了。」

貴司的肩膀抖了一下，「哪裡奇怪？」

「你竟然沒有像平時那樣說，不要整天不務正業，和男人跑出去玩。」

「妳有病喔。」貴司擠出笑容，站了起來。

「你要去哪裡？」

「我去採買。」

貴司說完，急忙走向後門。

已經好久沒有聽到小鋼珠店的噪音了。

剛和綾乃交往時，曾經因為賭博而欠債。美咲和綾乃都為這件事氣得火冒三丈，之後他就沒再碰過小鋼珠。以前只要聽到這個聲音，心情就很激動……但現在不一樣。無論是掉進機台的銀色小鋼珠，還是像傻瓜一樣閃個不停的機台，或是店裡播放的音樂，所有的一切都令人厭煩。但是，他無論如何都不想回家，因為美咲還在家裡。

接到醫院電話的事必須趕快告訴她。雖然他好幾次這麼跟自己說，但同時無法消除萬一得了什麼嚴重疾病的預感。不，不可能。雖然那個醫生說自己是遺傳疾病的醫生，但從來沒有聽說我們家任何人有基因方面的疾病，所以一定沒問題。只不過萬一……

貴司用力握著小鋼珠機台的握把，努力讓像翹翹板一樣搖來擺去的內心平靜下來。

她剛才興奮地說，傍晚要和男朋友一起去看煙火。

她笑得很開心，像個小傻瓜，笑起來像小孩子一樣……

美咲怎麼可能得什麼嚴重疾病？

機台大聲宣布他中獎了。

坐在旁邊的中年男人拍了拍他的肩膀說：「真厲害啊！」但他看到貴司的表情後皺起了眉頭，「小兄弟，你怎麼了？不覺得高興嗎？」

貴司什麼話也沒說，就站了起來，無力地邁開步伐。

「喂，你的機台怎麼辦！？」

「送你……」

走到有明屋前，他硬是揚起了嘴角，然後像往常一樣打開了後門，勉強擠出開朗的聲音說：「我回來了。」

美咲正在客廳費力地穿浴衣。

「哥哥，你去了真久。」

「是啊，怎麼了？還沒出門嗎？人家都快放煙火了。」

「因為我一直穿不好啊。」她一臉不耐煩的表情就像少女。

「妳不是美髮師嗎？」

「你真囉嗦，我們店沒有幫別人穿和服。你幫我一下啦。」

「給我。」

貴司淡淡地微笑著接過腰帶，繞到美咲的身後，協助她一起穿浴衣。

美咲穿這件像向日葵般的黃色浴衣很漂亮，那是貴司幾年前送她的，但因為工作的關係，她幾乎沒有機會去看煙火，所以在衣櫃裡躺了很久。

……她一定很想穿。

貴司看著妹妹興奮的背影，不禁這麼想。

她一定很想像這樣，和自己喜歡的男生一起去看煙火……

今天先不告訴她醫院的事，他不希望美咲的笑容蒙上陰影。

美咲準備就緒後，笑著對他說：「那我出門了。」

「別太晚回家。」

「嗯。」她白皙的臉蛋上浮現一個酒窩。

貴司看著妹妹走出店外的背影，暗暗地想。

她不可能得什麼嚴重疾病。沒錯，一定沒問題……

美咲在轉角處回過頭，面帶微笑，向他揮了揮手說：「我走了。」

貴司也舉起手，對妹妹笑了笑，但回過神時，發現一行眼淚順著臉頰滑了下來。

……我在哭什麼啊……

當美咲的背影消失後，他用指尖擦拭著眼淚。

那是溫暖得令人悲傷的眼淚。

他抬起頭，不讓淚水流下來，發現暮色的天空中，有一道飛機雲。好像隨時會消失的白線很虛幻，讓貴司的內心更難過了。

＊

「讓你久等了。」

晴人聽到說話聲轉頭一看，立刻倒吸了一口氣。

傍晚的澀谷車站附近，到處都可以看到身穿浴衣，準備去隅田川看煙火大會的女生，但美咲穿浴衣太美了，簡直讓其他女生全都變成了石頭，完全不值得一看。

「太漂亮了……」

他脫口說出了真實的感想，美咲低著頭說：「你別說了，我會不好意思。不過，即使是場面話，我也很高興……」

「才不是場面話！在我眼中，妳最漂亮！」

她聽了晴人的話，臉漲得通紅。

「所以來拍張照，可不可以讓我拍照？」

「那可不行。」她斷然拒絕了舉起相機的晴人。

「為什麼妳老是不讓我拍？」

「……因為我拍照不好看。」

「沒這回事！妳超漂亮！」

「啊喲！不要這樣說了一次又一次，我會害羞嘛！」美咲東張西望，怕被別人聽到。

雖然最後還是無法為她拍照，但晴人感到很高興。

原本他還擔心無法來看這場煙火。因為她每逢週一休假，週六、週日是店裡特別忙的日子，自己也經常在星期六、日加班，所以原本認為可能沒希望了，沒想到在煙火大會當天——也就是今天，Penny Lane髮廊竟然剛好要做內牆改裝工程，所以臨時休假一天。

這簡直就是逆轉勝利，晴人興奮不已，也對這場煙火大會產生了奢望。和她交往已經兩個月，他很希望能夠打破目前毫無進展的狀況。通常年過二十的男女交往兩個月，應該已經有某些關係，但我們……就連稱呼都還停留在『美咲小姐』的階段——雖然他好幾次想試著直接叫她的名字——連手也沒牽過，也沒接過吻，當然更別說其他了。他知道全都是因為自己太沒出息，正因為這樣，他希望藉由今天的煙火大會，讓兩個人的關係有所進展。

晴人就像是以甲子園優勝為目標，跑向球場的高中棒球球員一樣，一臉英勇的表情走進了銀座線的車廂。

但是，夏天的神明給了他很大的考驗，似乎在踐踏他的奢望。

抵達煙火大會會場的淺草車站時，月台上擠滿了人，人潮多得簡直令人難以置信，甚至連走下電車都有點困難，更別說要走出車站了。

這、這是怎麼回事？晴人的臉都白了。簡直就像整個東京的人都擠到淺草來了，大家都來看煙火嗎！？這不就和之前賞櫻時一樣嗎？我為什麼不懂得汲取教訓？對啊，每年都看電視轉播，的確看到人滿為患……

說：

「對不起，我沒想到會有這麼多人……」

「這句話，在上次賞櫻的時候就已經聽你說過了。」

美咲一針見血地回答，晴人感到很抱歉，整個人縮了起來。美咲笑著戳了戳他的側腹

「我和你開玩笑，難得來看煙火，不要露出這樣的表情。」

「對不起。」

「好了，不要道歉。」

「是。」

「好了，不要沮喪。」

「是……」

夏天悶熱的空氣和人的熱氣，讓車站內有一種獨特的不舒服感覺。每個人都很不耐煩，都想趕快走出車站，站務員拚命喊著：「請不要推擠！」花了十分鐘左右，終於走出車站，天空已經變成了深藍色。煙火大會就快開始了。

要趕快尋找視野良好的地方。雖然他很著急，但淺草車站周圍到處都是人，再加上實施交通管制，駒形橋之後就無法走去對岸。無奈之下，只好繞遠路從吾妻橋走去對岸，但

隅田公園內到處都是人，根本沒有可以看煙火的地方。

「我們再往前面走一點！」

晴人快步走了起來。他撥開人群，快步走向前，同時尋找可以看到煙火的地方。但是，看煙火的人甚至坐在馬路上，完全沒有風情可言，整個淺草都找不到晴人想要的那種可以靜靜欣賞煙火的地方。

慘了！快開始放煙火了！必須趕快找！趕快——

「咦？」

他一回頭，發現美咲不見了。

慘了——自己太著急，結果走散了——

他慌忙走回去找她，雖然看到很多穿浴衣的女生，但就是不見美咲的身影。

我在幹嘛？好不容易來看煙火，而且美咲之前那麼期待，這下子全都毀了。

他找了十分鐘，終於在人群中發現了美咲。她一臉困惑的表情靠在電線桿上，注視著手機。原來她打了好幾次電話，但晴人完全沒聽到。

「美咲小姐！」

他慌忙跑過去，她露出鬆了一口氣的笑容，然後有點生氣，臉頰鼓得像河豚一樣問：

「你為什麼一個人走掉了？」

晴人對目前沒有進展的關係感到焦急，努力想在她面前展現帥氣，沒想到反而讓她感到不安。我到底在幹嘛……

「對不起。」

他沮喪地垂下肩膀，美咲露出微笑說：「人太多了，這也沒辦法，但不要再走散了。」

等一下要一直走在她旁邊……

「呃，美咲小姐，」

「嗯？」

「……要不要、牽手？」

他伸出左手。

「我絕對不會放手。」

美咲害羞地點點頭，伸出右手，想要觸碰他的手指……但立刻停了下來，然後略帶遲疑地說：

「我的手很粗糙，不僅很乾，而且還皸裂，皮膚很硬……你牽起來一定會不舒服。所以——」

「沒這回事。」晴人搖了搖頭，露出了微笑，輕輕握住了她的手。

「妳這雙手不是證明妳每天都在努力工作嗎？」

美咲抬起頭。

「所以我喜歡妳的手。」

她高興地瞇起了眼睛。

「走吧。」晴人溫柔地拉著她的手。

他們邁開步伐。這一次，他們的步伐一致。

當第一支煙火打上天空時，他們正走在周圍有很多房子的住宅區正中央。煙火在八層樓的公寓大廈和紅棕色老舊的大樓之間綻放，他們只能看到一半。

晴人在內心嘆著氣。最後還是沒有找到能夠好好欣賞煙火的地方……

「煙火真漂亮。」美咲一臉興奮地仰望天空。

晴人看著她的側臉，嘴唇也露出了笑意。

隨著「咻——」的一聲，夜空中出現一道光線，五彩繽紛的菊花、牡丹花在天空綻放。現場響起陣陣喝采，煙火就像是受到了鼓勵般一個接著一個升上天空，點綴了盛夏的天空。

「我以前討厭煙火。」晴人抬頭看著天空說道。

「你不僅討厭櫻花，連煙火也討厭嗎？討厭的東西真多啊。」美咲很無奈地笑著說。

「我之前一直覺得來煙火大會的人並不是來看煙火，只是想要陶醉在這種氣氛中，有點不以為然。」

煙火撕開了夏日的熱氣，在天空中綻放出白色光芒。

「以前一直覺得，與其在這種房子的縫隙中看，看電視轉播漂亮多了。但是，我錯了，看煙火的重點不是在哪裡看，而是和誰一起看。」

在黑暗中綻放的閃光中，晴人滿臉微笑看著美咲。

「即使站在大樓的縫隙中，和妳一起看的煙火太美了。」

煙火染紅了她的臉頰，晴人握緊了她的手。這個動作就像是暗號，兩個人相互凝視。

一個漂亮的造型煙火點綴了夜空，響起一陣歡呼聲。他們的嘴唇慢慢靠近。

「別人會看到……」

美咲害羞地退縮起來，晴人小聲對她說：

「別擔心，大家都在看煙火……」

他們在煙火的掩護下接了吻。

＊

時序進入八月後，連續好幾天都是高溫炎熱的天氣，簡直令人厭世。

這幾天幾乎沒有風，沉重的熱氣即使到了晚上也無處可去，淤積在房間內，只靠一個風力不強的電風扇根本無法熬過盛夏的夜晚。

那天去看煙火之後，迅速拉近了兩個人之間的距離。他說話時終於不再畢恭畢敬地使用敬語，開始叫她『美咲』，原本生硬的相處方式也越來越自然。

不知道為什麼，聽到他直接叫自己名字時很高興。為什麼呢？一定是因為覺得終於成為他眼中『特別的人』。如果可以這樣一直成為他眼中特別的人……嗯？這意味著要結婚嗎？不不不，交往還不到三個月，想這種事也未免太猴急了。

話說回來，如果以後這一天真的到來，那就太高興了。雖然應該是幾年之後的事。

美咲擦著綾乃送給她的護手霜，看著自己的手掌。雖然有點粗糙，但晴人說喜歡這雙手。美咲忍不住呵呵笑了起來。

當私生活充實，工作也會順利。昨天為一個新客人剪頭髮後得到了稱讚，那是她一直不擅長，每天晚上拚命練習的短髮造型。看到客人笑盈盈地說：「我男朋友應該也會喜歡」，開心地離開時，內心感到很滿足。那一剎那，她很慶幸自己做這份工作。店長也稱讚說：「真的很不錯。」最近的工作真的很順利。雖然說這是拜戀愛能量所賜有點害羞，但在和晴人交往之後，遇到了很多好事，真希望這種日子可以一直持續。

美咲仰望著窗外皎潔明月，暗暗在心中祈禱。

但是，她的許願並沒有送到天上，命運就像黑夜般靜靜地逼近……

＊

「——關於婚禮會場，你覺得東京維爾芝飯店怎麼樣？」

綾乃說的話並沒有傳入貴司的耳中，綾乃訝異地偏著頭，在他面前搖著婚禮會場的簡介問：「喂，你有沒有在聽我說話？」

貴司聽到聲音才猛然回過神，慌忙掩飾說：「有啊，當然在聽。」

「你絕對沒在聽我說話，如果不趕快訂，好一點的場地很快就會訂滿了。你之前說，想在冬天之前舉行婚禮，所以我去蒐集了這些簡介。」

綾乃不悅地把大量簡介在咖啡店的桌子上排整齊。

「綾乃，」貴司把咖啡杯舉到嘴邊，「關於婚禮的事……可不可以暫緩一下？」

「什麼意思？」綾乃露出緊張的表情。

該不該把醫院的事告訴她？目前還沒有告訴美咲接到醫生的電話這件事，綾乃把美咲當成妹妹一樣疼愛，但是……

「妳最近不是很忙嗎？夏天也是我忙著換菜單的時候，與其在我們兩個人都很忙的時候倉促決定，還不如等忙完一個段落慢慢找比較好，所以──」

「你在說謊吧？」

貴司忍不住移開了視線。

「你每次說謊，鼻孔就會撐得很大，而且也不敢正視我。你到底在隱瞞什麼？」

「我沒隱瞞什麼啊。」

「騙人，你絕對隱瞞了什麼。」

「我就說沒隱瞞了啊。」

「為什麼要說這種馬上就被識破的──」

「就說我沒有隱瞞啊！」

咖啡店內所有的人都看了過來。貴司懊惱地皺起眉頭，然後對露出膽怯眼神的綾乃低頭認錯：「對不起。只是現在還不能說，但以後一定會告訴妳，我向妳保證，所以拜託了。」

綾乃目不轉睛地看著貴司的眼神，似乎在確認眼神中是否有歹念。

「好吧。」綾乃小聲地說，「但你不要事到如今，說什麼不結婚了。」

「傻瓜，我怎麼可能會說這種話？」

綾乃握住了他的手問：「真的嗎？你常常會為一點小事鑽牛角尖，所以我很擔心，千萬不要獨自煩惱。」

「我知道。」他淡淡地笑了笑，用力握住綾乃的手。

沒錯，一定是我想太多了。為了確認這一點，也必須告訴美咲，接到了醫院聯絡這件事。

＊

週末上午的小田急線上沒什麼人，車廂內瀰漫著祥和的氣氛，和平時尖峰時間完全不一樣。美咲深深靠在椅背上，看著車窗外。平時每次搭電車，就會馬上睡著，但今天不一樣。緊張讓全身繃緊，拒絕睡意上身。

「妳還好嗎？」坐在旁邊的貴司擔心地看著她的臉。

美咲小聲「嗯」了一聲，幾乎被車輪聲淹沒。

哥哥在前天告訴她，接到了大學醫院打來的電話。因為事出突然，她差一點昏倒。她用顫抖的手撥電話到醫院，一位姓神谷的醫生說：『看了日前檢查的結果，希望可以再做進一步詳細的檢查。』

「……我得了什麼嚴重的疾病嗎？」

『妳不必太擔心，見面的時候再詳談。』

聽到醫生溫和的聲音，她稍微鬆了一口氣。

但掛上電話後一直到今天，她總覺得心好像被遺忘在某個地方。工作時無法專心，她曾經想找晴人討論這件事，但最後還是改變了主意。等去醫院看了之後再說，以免他擔心。

抵達新宿後，在公車總站尋找七十四路公車，在最後一刻跳上了即將發車的公車。眺望著窗外的新宿街景，不一會兒，看到一棟充滿威嚴的白色建築物出現在行道樹後方。

『即將抵達慶明大學醫院前，慶明大學醫院前。』

聽到廣播後，按了下車鈴。站在公車站仰望醫院時，覺得很冷漠，就像是沒血沒淚的巨人。

走去櫃檯，打聽了醫院指定的面會室，櫃檯的年輕小姐親切地告訴他們該怎麼走。他們按照那位小姐指引的方向，慢慢走在瀰漫著消毒水味道的走廊上。兩條腿像鉛塊般沉重，抗拒著繼續走向前方。快到面會室時，忍不住停下了腳步。貴司輕輕扶著她的背，然後對她用力點頭鼓勵她。

在面會室門前停下腳步，深呼吸後敲了敲門。

「請進。」

裡面傳來和電話中相同的聲音。美咲不由得緊張起來。打開門走進去後，潔白的空間讓她有點暈眩。一個身穿白袍，瘦瘦高高的男人坐在椅子上，示意他們在對面坐下。於是她微微欠身後，和哥哥一起淺淺地坐在椅子上。

「我姓神谷。」

神谷戴著無框眼鏡，一雙眼睛像弓一樣彎成弧形，是一位風度翩翩、看起來很聰明的年輕醫生。放在桌上交握的細長手指很漂亮，簡直就像是鋼琴家的手指。

面會室的氣氛令美咲感到害怕。因為除了神谷以外，還有幾個看起來像是醫生或是護理師的人。為什麼有這麼多人？我得了這麼嚴重的疾病嗎？她感到內心的不安在膨脹。

「不好意思，麻煩你們星期六來這裡。因為我下個星期要出差，不在東京。」

美咲無法順利開口，只能輕輕搖了搖頭。

「因為妳的病例有點特殊，所以我認為越快越好。」

病例有點特殊？美咲抱住手臂，以免自己的雙手發抖。

神谷用熟練的動作操作放在桌子角落的筆電，螢幕上顯示了像是病歷的內容，他把螢幕轉向美咲。

「我就直接說重點。」

胃好像扭成一團疼痛起來，汗水濕透了手掌。

「有明小姐，妳可能罹患了早老症。」

「早老症？」

美咲以前沒聽過這個名稱，忍不住皺起了眉頭。

「在做基因檢測之前，還無法明確斷言，但目前看到了『快轉症候群』的徵兆。」

「快轉症候群？」

美咲聽不懂，只能一直重複醫生說的話。

「快轉症候群通常在二十歲之後發病，出現明顯的白髮和皺紋，皮膚也會萎縮、硬化，還會有白內障和肌肉及骨骼容易受傷等症狀。」

從窗戶照進來的夏日陽光形成了陰影，美咲覺得在地上拉長的黑影好像在瞪著自己，可怕的感覺讓她忍不住發抖，無法順利聽清楚醫生說的話。

「呃，不好意思，」哥哥插了嘴，「我腦筋不好，可不可以請你說得簡單易懂一點？」

「不好意思，」神谷看著一臉困惑的貴司，用食指推了推眼鏡。「簡單地說，這種疾病就是『比別人老得快』。」

比別人老得快……美咲心慌意亂，雙眼無法聚焦。

「和同樣屬於早老症的成年型早老症和早年衰老症候群相比，快轉症候群的最大特徵，就是老化的速度更快。」

「老化的速度？」

美咲用顫抖的聲音問，神谷用謹慎的語氣繼續說道：

「一旦罹患這種疾病，會以比常人快數十倍的速度老化，除了剛才提到的症狀以外，免疫力衰退、惡性腫瘤，也就是癌症發病的風險也會增加。而且……」

神谷難以啟齒閉了嘴。美咲在他的注視下，不由得緊張起來。他停頓良久後說：

「在發病後不到一年的時間，外表就會變得像老人一樣。」

美咲感到好像腦袋被鐵錘用力敲了一下。她的嘴唇發抖，視野扭曲起來。她想要嘔吐，幾乎快昏倒了。

「當然，目前只是認為妳有可能罹患了這種疾病，並沒有實際做出這樣的診斷，所以首先要做檢查——」

「可以治好吧？」貴司的聲音響徹整個房間。

神谷沒有說話。貴司著急地大聲追問：「到底怎麼樣？」神谷聽了之後，靜靜地開了口。

「快轉症候群是在全世界只有極少數人發病的罕見疾病，雖然研究人員日以繼夜地投入研究工作，但目前仍然無法瞭解其中的原因，所以還沒有根本的治療方法。」

美咲劇烈顫抖，連她自己也難以置信。

「你在說什麼啊？」

貴司用銳利的眼神看著神谷。

「美咲很快就會變成老人？太荒唐了，她從小到大就沒生過什麼病，身體很健康，小學、中學和高中從來沒有請過假，她……」

貴司懊惱地咬著牙齒。

「她怎麼可能生病？」

「這種疾病是遺傳疾病，和體力無關——」

「你少囉嗦！一定搞錯了……沒錯，一定是哪裡搞錯了！」

貴司求助似地搖晃著神谷的肩膀。

「搞錯了？對不對？你應該只比我大三、四歲而已，經驗還不夠吧？所以才會搞錯！一定就是這樣！」

貴司連續點了好幾次頭，好像在安慰自己。神谷推開了貴司拉住他白袍的手，斷絕了他的希望。

「為了瞭解是不是搞錯了，所以必須趕快做進一步檢查。」

貴司看著他堅定的視線，說不出話。

「哥哥……」

美咲開了口，室內所有人都看著她。

「我會做檢查。」

「美咲……」

美咲什麼話都沒說，強顏歡笑地點了點頭。

決定了做基因檢查的日期，走出醫院後，美咲對貴司說：「那我去上班了。」哥哥一再要求她今天該回家，但她笑了笑說：「因為有預約的客人，而且現在並沒有確定我已經生病，所以我沒事。」然後快步走向公車站。

過午的公園內，到處都是小孩子嬉笑聲和蟬的悲鳴聲。

美咲彎著身體無力地坐在長椅上。雖然她剛才對哥哥那麼說，但實在沒有力氣去上班，所以今天請了假。她從口袋裡拿出手機，查了『快轉症候群』。

正如神谷所說，目前尚未瞭解這種疾病的原因。有可能是基因的缺陷造成，也可能是染色體異常所致，目前並沒有治療方法，也沒有方法阻止發病。一旦發病，就會以比常人快數十倍的速度老化，肌肉力量和免疫力會迅速衰退，簡直就像是時間快轉，因此稱為『快轉症候群』。

看著網路上的這些文字，覺得好像是和自己無關的事。

還好……沒想到並沒有受到打擊。對啊，目前又沒有確定自己已經生了這種病……

她又打開下一個網頁，有一張年輕漂亮的外國女人的照片，一頭金髮，滿面笑容。她又將頁面往下拉──

美咲的淚水奪眶而出。

下面是那個外國女人半年後的樣子。那頭漂亮的金髮褪了色，變成一頭白髮，臉上有很深的皺紋，眼睛凹陷，之前的活潑笑容完全消失了，完全變成了一個老太婆。

我也會變成這樣……

想到這裡，握著手機的手就像冰塊般越來越冷。

──在發病後不到一年的時間，外表就會變得像老人一樣。

神谷的話像詛咒般響起，她抱著頭，蹲在地上。

「騙人……」

眼淚順著臉頰流到下巴，滴在地上。

「……這是騙人……」

她的聲音漸漸變成了痛哭。美咲放聲大哭，努力想要趕走好像烙在腦海中的那張照片中的女人。喉嚨像灼燒般熾熱，順著臉頰滑落的眼淚很溫暖，都在殘酷地告訴她，妳得了不治之症，很快就會變成老太婆，然後死去。

救命……她抽抽噎噎，泣不成聲地叫著。

「拜託……救救我……」

晴人，救救我……請你馬上來救我……

但是，他聽不到這個聲音。

美咲在空無一人的公園角落，獨自哭泣了很久。

*

如果自己求婚，不知道她會露出怎樣的表情？

她可能會笑著說：「你太性急了。」因為我們才交往三個月左右，但我希望以後也一直和她在一起，永永遠遠……

這天下班後，晴人和澤井、公司的前輩一起去事務所附近的居酒屋吃晚餐。晴人聽著另外三個人談論廣告業界的事，慢慢喝著啤酒，這時，真琴突然一臉好奇地看著他問：

「對了，朝倉，你和上次那個女生怎麼樣了？上次不是介紹你去了那家餐廳嗎？」

晴人第一次約美咲吃飯的那家餐廳就是真琴介紹的。

聽到真琴突然問這件事，原本準備送進嘴裡的毛豆不小心掉了。

「妳問怎麼樣，我也……」

「順利嗎？」

「嗯，」晴人慢慢把毛豆放進嘴裡，「託妳的福……」

這時，坐在對面的高梨在桌子下用力踹向晴人的小腿。

「好痛！幹嘛！」

「王八蛋，吵死了！託什麼福啊，王八蛋！連工作都做不好，還得意個屁啊！王八蛋！」

「請你不要一直罵王八蛋……」

「對著王八蛋叫王八蛋有什麼問題！王八蛋！」

「好了好了，別嫉妒，你別嫉妒。」坐在旁邊的真琴把手放在高梨的肩膀上。

「誰嫉妒他啊。」高梨搖晃著肩膀，推開了真琴的手。

「澤井先生，請問……」

正笑咪咪地喝麥燒酒的澤井微微偏頭看了過來。

「請問通常在什麼時候求婚？」

「什麼！？你要求婚！？」真琴探出身體。

「不，現在還沒決定……」

「別傻了，別傻了，這個世界上不會有女人願意嫁給你這種廢物。」

「高梨先生，別說這種話！所以，你要求婚嗎！？真的要求婚嗎！？」

「我正在這麼打算……」晴人靦腆地笑了笑，真琴發出「喔！」的聲音為他鼓掌。

「所以我想請教一下已婚的澤井先生的意見。」

「我勸你最好打消念頭。」

「啊？」

澤井不加思索地回答，速度快得簡直就像是猜謎節目中出現的無敵冠軍。

原本以為個性溫柔穩重的澤井應該過著幸福美滿的夫妻生活……

「一旦結了婚，就到死都沒得玩了。」澤井開朗地微笑著。

啊咦咦？這個人一臉老實相，難道內心是個渣男？

「而且女人一旦結了婚，性格就會改變，無一例外。從此不再溫柔，變成保護自己生活的武器，會完全掌控男人的生活、時間和金錢，一旦離婚，就會瓜分掉你一半的財產。『結婚登記』這個甜美的字眼背後，是看不到盡頭的地獄。所以——」

「夠、夠了！我已經聽夠了！」

「而且，朝倉，你還年輕，以後可能會遇到更好的對象。」

沒這回事。晴人在心裡嘀咕。因為她是我的——

他用啤酒把想要反駁的想法塞回了胃裡。

他們喝到末班電車之前解散，晴人決定從事務所所在的代代木上原走回位在代田橋的租屋處，順便醒醒腦。他拿出手機，發現美咲並沒有聯絡他。這幾天，她很少傳訊息，但如果這麼抗議，會顯得很沒出息，所以他也就沒說。

為什麼都不和我聯絡？晴人鬱悶地撇著嘴。

該不會討厭我了？但我並沒有做什麼惹她討厭的事……有什麼好悶悶不樂？如果想見她，主動打電話給她就好了啊？對啊，我不是要向她求婚嗎？！朝倉晴人！振作起來！！

他對自己大喝一聲後撥了電話。鈴聲響了好幾次，他內心的不安也不斷增加。這樣衝動沒問題嗎？他又膽怯起來。

『喂？』鈴聲響了幾次之後，美咲終於接起了電話。

「啊，對不起，妳已經睡了嗎？」

『沒有。有什麼事嗎？』

她的聲音聽起來有點沮喪。

「妳下個星期一有空嗎？最近一直沒見面，我想我們可以出去走一走。……不知道妳認為呢？」

她沉默片刻。

晴人就像是等待放榜的重考生，期待可以有良好的結果。

『嗯，好啊。』

太好了！他情不自禁露出鬆了一口氣的表情。

『我也剛好有事要和你談一談。』

「有事要和我談？」

『見面時再說。』

她沒有再多說什麼。掛上電話後，晴人停下了腳步。不安就像沒有輪廓的風一樣慢慢逼近。她要和我談什麼？他注視著手機螢幕，愣在原地無法動彈。

八月下旬的星期一，兩個人終於見了面。晴人問：「妳有沒有想去什麼地方？」她回答說，她想去看海。看到她一臉落寞地說：「因為今年完全沒去過海邊」，晴人忍不住牽起她的手。

「那我們現在就去。」

「可以嗎？」

「當然可以啊。」

照理說，去海邊約會應該是「開車去海邊」，但晴人沒有駕照。早知道應該在高中畢業時就去考駕照。晴人坐在湘南新宿線的包廂席上，對這件事感到極度後悔。自己太沒出息了，總是無法在關鍵時刻好好表現。像自己這種人，真的有辦法求婚嗎？更何況連戒指都還沒買，就可以求婚嗎？

他當然想過先去買戒指這件事，但是走進珠寶店，他才發現自己並不知道她的戒圍。「能不能想想辦法！？」雖然他向店員求助，但店員說，不知道戒圍就沒辦法……他只能沮喪地作罷。

求婚這件事，是不是該延期？他很沒有自信地看著坐在對面的美咲。

不行！不是有人說，心動的日子就是好日子嗎！？今天一定要求婚！

抵達藤澤車站時，遇到一群拿著泳圈和海灘球的大學生嘰嘰喳喳，似乎想要盡情歌頌夏天的尾聲。他們和這些興奮的年輕人一起搭上了江之電。美咲仍然低著頭，沒有看他一眼。每次看她的側臉，不安就在內心堆積。

電車在住家林立的住宅區中央緩緩前進。經過柳小路站、鵠沼站、湘南海岸公園站後，在江之島站停車時，剛才那些年輕人下了車。

電車從腰越站出發後，在民宅之間鑽來鑽去。過了一會兒，廣播中傳來『下一站是鎌倉高中前』，然後轉過一個角度很小的彎道。

「大海……」

美咲淡淡地笑了起來。順著她的視線望去，前方是一片藍色的大海。在陽光的照射下，海面上好像撒了許多亮片般熠熠發光，有好幾艘滑浪風帆的帆板浮在這片閃亮的光斑上。

「要不要先散散步？」晴人提議。她點了點頭說：「嗯。」

下了江之電，穿越國道，來到海岸邊。走在久違的沙灘上，內心充滿懷念的心情。她似乎覺得光太刺眼，瞇起眼睛眺望著被藍色籠罩的天空和大海。清爽的風從海上吹來，吹動了美咲的牛仔褲。她把頭髮塞到耳後問：「走吧？」她說話很小聲，聲音幾乎被風淹沒了。

晴人看著她走在海邊的背影，戰戰兢兢地問：「妳說有事要和我談，到底是什麼事？」美咲默然不語，走鋼索般小心謹慎地走在海浪的邊緣。她的背影看起來有點悲傷。

「美咲？」

她轉過頭。

「沒有啦……」

「啊？」

「沒事啦。」

「但是……」

「不是什麼重要的事，只是因為在工作上遇到了一些不順心的事，原本想和你商量。」

「那妳就說來聽聽啊，不要一個人煩惱。」

「已經沒事了。」

「真的嗎？」

「真的。」美咲露出微笑。

看到美咲的笑容，晴人鬆了一口氣，眼睛笑成了彎月形。

「其實我有點不安，以為妳討厭我了。」

「……為什麼會這麼想？」

「因為我們最近都沒有見面，而且妳今天的樣子有點不太對勁。」

看到晴人一臉無辜的表情，美咲揚起嘴角笑了起來。

「怎麼可能嘛！？」她拉住晴人的手，想把他推去大海，在差一點真的碰到海水時叫了一聲：「危險。」幸好沒有踩進海水。

「我怎麼可能討厭你……」

美咲的聲音幾乎被海浪聲淹沒，晴人偏著頭，「啊？」了一聲，美咲的圓臉露出笑容說：「不，沒事。」

他們決定去稻村崎的涼亭休息。美咲比剛才話多了些，告訴晴人，小時候去海邊玩的時候，被貴司搶走泳圈溺水的事。晴人看著她，忍不住放了心。太好了，美咲恢復了原來的樣子……

「晴人，你肚子會餓嗎？」

手錶上的時針已經指向兩點。

「被妳這麼一問，我才想到我從早上就沒吃任何東西。」

因為一直在想求婚的事，完全沒有食慾。

他們走進海邊一家德州餐廳。晴人點了漢堡，美咲點了什錦燉飯。

「為什麼會肚子餓？」

在等待餐點時，美咲看著大海遠方的積雨雲，幽幽地說。

「什麼意思？」

「我只是在想，人無論在任何狀況下，肚子都會餓。」

「任何狀況下？」

「嗯……」美咲結巴了一下，「挨罵，或是犯了錯，不是都會覺得肚子餓嗎？」

「那倒是。我昨天又挨了前輩的罵，之後大口吃著便當，結果又被前輩罵：『犯了錯還有臉吃飯。』」

「我們都經常在工作上挨罵。」美咲呵呵笑了起來。

這家餐廳的漢堡很好吃，平時在速食店吃的漢堡完全無法相比。她說：「我也要吃一口。」咬了一口漢堡，然後擦著嘴角沾到的醬汁，瞇起眼睛笑著說：「真好吃。」

飯後喝完冰咖啡，一起走出那家餐廳，太陽的角度似乎比剛才傾斜了一些。

「吃得真飽。」美咲心滿意足的樣子，他問：「接下來要去哪裡？」

「那我們去由比濱。」她指著大海對岸的方向。

於是，他們一路閒聊著，慢慢走在沿海的國道上。走累了就去附近的咖啡店歇歇腳，喝冰冷的檸檬汽水消暑，然後再度搭上了江之電。

傍晚的時候來到由比濱。人影稀疏的海灘有一種讓人預感到夏季將逝的寂寞感覺，他們坐在打到海灘上的漂流木上，看著在白浪遠方沖浪的人。

晴人將肩膀微微靠過去，美咲看著他，雙眼似乎有點濕潤。夕陽在她眼眸中閃著光。晴人把嘴唇靠了過去，美咲靜靜地閉上眼睛。接吻了幾次後，他用力抱住了她。美咲的頭髮帶著一絲大海的味道。

「你今天真積極啊。」被他摟在手腕中的美咲笑了起來。

「妳不要取笑我。」

「對不起，對不起。」

風停了，周圍一片寂靜，只有海浪聲在他們的耳邊迴響。

「美咲……」

「什麼事？」

「妳願不願意嫁給我？」

「啊？」

「當然不是馬上，我目前還只是攝影助理，妳也有想要自己開店的夢想，但是，我希望以後可以和妳共同生活。」

晴人滿面笑容注視著美咲。

「我希望和妳在一起。」

頭髮遮住了她的表情，不一會兒，美咲掩著嘴笑了起來。

「我是認真求婚，妳不要笑我。」晴人露出了苦笑，美咲用顫抖的聲音道歉說：「對不起，因為你突然說這種奇怪的話。」

不知道是否覺得太好笑，她用指尖拭著淚水。

「我們交往才三個月，你也太性急了。」

美咲站了起來，眺望著橘色的大海。

「而且，以後你可能會遇到更可愛的女生。因為有很多女生都比我漂亮，比我優秀，所以你不必這麼著急。」

晴人走到她身旁。

「也許吧……」

也許有很多比妳更優秀，也應該有很多漂亮、可愛的女生。但是……

「即使這樣，我還是非妳莫屬。」

美咲的雙眼好像夕陽般通紅。

「即使交往才三個月，即使有很多比妳更優秀的人，妳是我的——」晴人露出滿面笑容，「我自己認定妳是我最後的戀人。」

美咲的臉上有一抹陰霾，然後她雙眼濕潤，輕輕笑了笑說：「謝謝……」

「是不是太矯情了？」他害羞地摸著後腦勺的頭髮。

「太矯情了，都被你嚇到了。」

美咲雙手掩著嘴笑了起來，然後再度看向大海。晴人注視著她的後背。不知道她會怎麼回答。不安和緊張讓他覺得胸口好像被用力勒緊。

夜幕開始降臨，美咲小聲地說：

「讓我考慮一下……」

她的臉上已經沒有笑容。

＊

真希望在他求婚時，可以回答：「嗯。」

當時真的非常、非常高興。我也想和晴人在一起，永永遠遠在一起。

那一天，原本打算把真相告訴他。把生病的事一五一十地告訴他。但是，一看到晴人的臉，就說不出來了。因為我覺得他臉上的笑容可能會消失。因為我覺得他一旦知道我生病，一旦知道我很快會變成老太婆，就會討厭我。

我不想讓他失望，不希望他覺得我醜，絕對、絕對不想讓他看到我變成老太婆的樣子。至少不希望晴人……

在暑氣漸漸消退的一個舒服午後，美咲去找神谷瞭解檢查結果。雖然貴司說要一起去，但美咲堅持說要自己去。因為一旦是最後的結果，哥哥一定會六神無主。她向貴司保證，結束之後會馬上打電話，貴司才終於勉強答應。

一走進診間，和上次一樣，除了神谷以外，還有幾名醫生、護理師和諮商師也在場。神谷今天也很溫和平靜，他說話的聲音讓美咲內心產生了一絲期待。但是……

「根據檢查結果，必須很遺憾地告訴妳，妳罹患了快轉症候群。」

美咲在內心深處覺得老化時鐘的秒針滴答一聲動了起來。

神谷詳細說明了診斷的依據和病情今後的發展，但美咲完全聽不進去。她覺得自己好像身處深海，眼前一片漆黑，聽不到任何聲音。身旁的女諮商師溫柔地對她說話，一定是在說鼓勵的話，但完全無法打動美咲。

「醫生，我——」

美咲握緊了放在腿上的手。

「還能維持目前的樣子多久？」

神谷似乎不知道該如何回答。

「因為每個病人的情況不同，所以很難預測，但根據平均情況推測——」

神谷在深呼吸後說：

「冬天的時候，恐怕就……」

冬天……衝擊貫穿了內心。自己在短短幾個月後，就會變成老太婆。到了冬天，就不再是現在的自己，目前的樣子只能維持短暫的時間。

「為什麼無法阻止老化？是不是有什麼方法？手術呢？骨髓移植是不是可以治好？」

「很遺憾。」神谷打斷了她。

「那……」美咲的聲音發抖，「我就只能眼睜睜地看著自己變成老太婆嗎？」

神谷什麼都沒說。

「就這樣……慢慢死去嗎？」

「這是難治之症，我剛才也已經說了，每個病人的病情發展情況不同。妳算是早期發現，完全有可能發展的情況比較良好。我們醫生也會全力支持妳，所以我們一起努力。」

神谷的笑容很溫柔，卻令美咲感到更加痛苦。

走出醫院後，立刻打電話給貴司，告訴他醫生診斷她罹患了快轉症。貴司一時說不出話。

「醫生說，之後體力會越來越差，最好不要繼續工作。」

『這樣啊。』

「真可惜……」她靠在醫院玄關的柱子上，「店長好不容易稱讚我剪的短髮……」自己好不容易當上了美髮師。雖然技術還很不成熟，但正在慢慢進步，也終於得到了店長和客人的認可……

沒想到自己開店的夢想竟然以這種方式結束──

「哥哥，」淚水從美咲的眼中流了出來，「……我好不甘心……」

『……美咲……』

「我真的很不甘心……」

真希望可以讓更多人變漂亮，希望看到更多人喜悅的表情。就像那一天，在還是小學生的我身上變魔術的美髮師一樣，我也很希望能夠帶給別人幸福。但是，即將變成老太婆的我已經做不到了，不要說讓別人變漂亮，連自己也會慢慢變醜……

她在新宿車站搭上京王線，電車到了代田橋站後下車。沿著甲州街道，來到一個很大的十字路口後穿越了馬路。沿著住宅區往前走，看到一個小公園。晴人的公寓就在小公園對面。她第一次來這裡。之前曾經來過這附近，當時晴人告訴了她公寓的住址。

她按了晴人房間的門鈴，沒有人應答。他應該還在上班。她決定在這裡等他回家。

她走進附近的商店買飲料時，看到了啤酒。神谷叮嚀她不能喝酒，但她很想喝。她買了一罐啤酒，坐在公寓的樓梯上喝了起來。

啤酒花的苦味在嘴裡擴散，她重重地吐了一口氣。這應該是最後一次喝酒，雖然並沒有很喜歡喝酒，但想到是最後一次，還是覺得很難過。

周圍的景色都籠罩在一片夕陽中，天空、白雲和對面公園內的櫻花樹都被染得一片火紅。蟬聲無力地叫著，美咲把喝空的啤酒罐咚地一聲放在樓梯旁。

「——美咲？」

那是晴人的聲音。美咲擠出笑容後抬起頭。

「怎麼了？」他似乎有點困惑。

「對不起，我臨時來找你。」

「妳可以打電話給我啊，發生什麼事了？」

「沒什麼事，我只是在想，如果我來這裡，你應該會很驚訝。」

「當然驚訝啊。呃，上去坐一下？」

「不然你打算趕我走？」

「不，我不是這個意思！我可以先去整理一下房間嗎？」

十分鐘後，晴人讓美咲進了屋。晴人的租屋處很清爽，只有電視、書架和一張雙人沙發，雖然匆匆整理，但家裡很整齊乾淨。

美咲看到了架子上的相機，拿在手上後，發現很沉重。

「這是我來東京時，我爸爸給我的。」晴人拿著麥茶走回來。

這台相機中有許多晴人的回憶，而且都是我不知道的回憶。我幾乎不瞭解他，在他二十四年的人生中，我只知道短短幾個月，而且也無法知道他以後的人生……

「我也想試試拍照。」

他們來到公寓對面的公園，晴人將相機設定完成後交給了美咲。

「只要按下快門就好了嗎？」

「先要拉這個扳手，把底片捲過去。」說完，他拉了快門旁的扳手，捲好了底片，「這樣就可以拍了。」

美咲看著取景器，動作生疏地調整焦距。她覺得透過取景器看到的風景比平時看到的更柔和。

她對著公園角落的滑梯慢慢按下了快門。喀嚓……相機發出了清脆的聲音，似乎剪下了剛才看到的風景。

「這樣算拍到了嗎？」

晴人笑著點頭。

「可以讓我拍很多張嗎？」

「可以啊。」

「太棒了。」

她就像拿到玩具的小孩子一樣專心按著快門。沙坑、鞦韆、長椅旁綻放的小花。她接連拍下了許多風景。

一看底片計數器，發現只剩下一張了。

「只剩一張了……」

「那我們來合照。我們從來沒有拍過合照。」

美咲聽了晴人的話，不禁面露愁容。萬一臉上的皺紋很明顯怎麼辦？一想到這一點，就感到很害怕，所以立刻把鏡頭對準他，拍下了最後一張。

「拍完了。」她調皮地笑了笑掩飾，晴人噘起嘴唇，不悅地說：「讓我拍一張有什麼關係。」

「對不起，我很不上相。」

「我覺得沒這回事，因為妳比自己想的漂亮多了。」

這句話讓美咲百感交集，一時說不出話。

「晴人，關於上次求婚的事──」

要好好答覆他，必須告訴他，自己無法接受。但越是想要開口，內心就越抗拒，很想告訴他「我也想和你在一起」。

「不用了。」晴人靜靜地搖了搖頭。

「啊？」

「那次之後，我認真想了一下，自己真的太猴急了。目前只能獨當半面的我，還沒辦法帶給妳幸福，我完全能夠瞭解妳無法點頭答應的心情。」

不是。不是你想的這樣……我也想和你在一起，希望可以永遠永遠和你在一起。但是──

晴人注視著手上的相機，露出滿面笑容說：

「我會在攝影這條路上好好努力，會比現在更加、更加努力，有朝一日，要成為妳能夠點頭答應我求婚的男人，所以，可不可以請妳再等我一下？」

看著他的笑容，眼眶不禁發熱，同時內心充滿罪惡感。

這不是晴人的錯，而是我的過錯，全都怪我……

「回去吧？」他轉身走向公寓，美咲看著他的背影，不知道該說什麼。

時鐘指向十一點時，晴人問她：「時間沒問題嗎？」

美咲坐在沙發上抱著雙膝，心不在焉地聽著木匠兄妹唱的〈昨日重現〉。為什麼時間過得這麼快？CD音響播出的甜美淒美的歌聲讓她感受到溫柔的痛楚。

「……我今天可以住在這裡嗎？」

「啊？妳哥哥會擔心吧？」

「沒關係。」

「但是──」

她堵住了他的嘴巴，不讓他繼續說下去，然後用手指伸進他手指的縫隙，撒嬌地握住了他的手。手掌感受著他的溫度，那是她渴望可以一直陪伴在自己身邊的溫度。

晴人不知道想要說什麼，但看到美咲濕潤的眼眸，那些話就似乎不知去向了。美咲閉上眼睛，把臉埋進他的胸口。

我現在比全世界任何人更靠近晴人，但是，今天之後，和他之間的距離會越來越遠，遠到再也無法碰觸他。所以，現在想和他在一起，想和晴人在一起……

那天晚上，他們合為一體，觸摸著彼此的肌膚，傳遞身體的溫度，感受他的身形。美咲覺得很幸福，那是她不想忘記的瞬間。美咲就像按下相機的快門一樣，把這一刻烙在記憶中。

新鮮的朝陽從窗簾的縫隙灑進來時，美咲緩緩醒來。她聞到了晴人的味道，想起他睡在自己身旁。她翻了身，注視著晴人熟睡的臉龐。他像小孩子一樣發出鼻息。不知道他夢見了什麼？她用指尖撫摸著他的臉頰，輕輕笑了笑。幸福融化，甜美的痛楚在內心擴散。

晴人，如果可以——

淚水從美咲的眼中滑落。

如果可以，請你以後也要想起我，只要有時候、有時候想起我就好……

有朝一日，當你和別人結婚，上了年紀，過著幸福的生活時，只要有那麼一剎那就好，希望你可以想起，曾經有過這樣一個女生。

我知道這是自私的任性。

雖然知道……但還是這麼希望。

希望你不要忘記我……

美咲充滿憐愛地親吻晴人的臉頰，淚水滴落在他的臉頰上。

當自己突然消失，你一定會怒不可遏，覺得我這個女人很過分。但是，沒關係，因為我至少不想讓你看到我變醜的樣子。

我希望你記住我目前的樣子。

希望你記得我和你同齡時的樣子。

晴人，對不起。

美咲流著淚，露出了微笑。

「真希望能夠和你一起老去……」

我甚至連這麼理所當然的事都做不到。對不起……

她悄悄離開了晴人的公寓。

走下樓梯，緩緩走在朝陽映照的路上。

她猛然停下腳步，抬頭看著公寓。然後小聲地說：

「……晴人，再見。」

美咲邁開步伐，沒有再回頭。

帶著冷空氣的秋風吹過她的身旁。

夏天即將邁向終點。

第三章　秋

美咲失去聯絡已經一個星期。

無論打電話、傳訊息，她都完全沒有回覆。雖然最近打電話和傳訊息的頻率比之前減少，但從來沒有像這樣完全無法聯絡。

他從來電紀錄中找出美咲的電話號碼，打了數十通電話，冷漠的鈴聲響起五次、十次，他內心的不安就漸漸膨脹。

為什麼不接電話？他嘆著氣掛上電話，決定傳訊息。

【一直聯絡不到妳，我很擔心。請回覆我，哪怕只有一句話也好，不管回什麼都好。我等妳。】

他覺得自己很沒出息，但無法想那麼多，只能帶著祈禱的心情按下了傳送鍵。

他把手機放在桌上，打開了窗戶。秋夜的涼風吹了進來，他的身體忍不住抖了一下。站在窗邊仰望著天空中皎潔的明月，但在此刻的晴人眼中，只覺得很悲傷。他關上窗戶，將視線移回桌上的手機，對若無其事地陷入沉睡的電話恨得牙癢癢。

幾天過去，仍然沒有接到美咲的聯絡。她一定發生了什麼狀況。晴人坐立難安，最後決定去美咲家找她。

大學生和推著嬰兒車的母親身影在晌午的梅之丘街上走動，一片祥和的氣氛。

晴人來到尚未開始營業的有明屋前，隔著玻璃門向內張望，發現店裡沒有人。他走過居酒屋旁，走上後方的電梯，按了後門的電鈴，但門內靜悄悄。沒有人在家嗎？但今天是星期一，是美咲休假的日子。

「……來了。」

是貴司的聲音。晴人整個人跳起來，跑向門前。

「我是朝倉！請問美咲小姐在家嗎？」

漫長的沉默令晴人著急，他忍不住敲著門。

「美咲的哥哥嗎！？請你開門！」

貴司探出頭，眼中明顯帶著敵意。

「美咲去上班了。」

「但今天不是星期一嗎！？她應該休息——」

「我說去上班就是去上班！」貴司想要粗暴地關上門……但晴人立刻按住了門。

「請等一下！我已經有一個多星期聯絡不到她了！請問美咲小姐出了什麼事嗎！？」

貴司不耐煩地用力抓著頭髮，但沒有正眼看他，咬牙切齒地說：「美咲不想見到你。」

「這是怎麼回事？」

「就是這麼一回事，你不要再來了。」

貴司用力關上了門。

晴人推著腳踏車，玩味著貴司的話，但越想越搞不懂原因，感到困惑不已。美咲為什麼會說這種話？自己做了什麼惹她不高興的事嗎？她之前完全沒有表現出不想見到自己的態度。

不——晴人停下了腳步。上次去海邊時，她的樣子就有點不太對勁。雖然她說是工作上遇到了不順心的事，但搞不好是想和我分手……

他搖著頭，努力甩開這種想法。不可能有這種事。

他無論如何都想見到她當面問清楚。

「……她辭職了？」

隔天，他去了Penny Lane髮廊，聽了店長的回答後，一時說不出話。

「什麼時候？」

「九月初，她說要去朋友的髮廊幫忙。」

店長撇著嘴，不悅地說。

「請問那家髮廊在哪裡！？」

「我怎麼知道？她只是打電話來，我沒同意，她就堅持要辭職。」

「堅持要辭職？」

「雖然你只是她的男朋友，不該對你抱怨，但她造成我們很大的困擾。對一個在社會上打滾的人來說，說辭就辭不是太不上道了嗎？而且匆匆掛上電話，真是太離譜了，她明知道我們這裡人手不足。」

晴人覺得美咲好像從這個世界消失了，他甚至覺得眼前發生的一切都像在做夢。

他帶著難以置信的心情回到家，躺在床上仰望著天花板，無處宣洩的情緒變成了嘆息。

美咲之前工作那麼努力，而且也說很愛那家髮廊，竟然就這樣辭去了髮廊的工作。店長不像在說謊，但美咲不可能這樣隨便辭去工作，其中一定有什麼原因。但到底是什麼原因？

無論怎麼想，都想不出頭緒。他把臉埋進了枕頭。

美咲，妳目前人在哪裡？

當夜幕降臨時，手機響了。正在打瞌睡的晴人一看螢幕，猛然跳了起來。

「喂，美咲！？」

隔著電話，他可以感覺到美咲的動靜，但她沒有吭氣。他又叫了一次她的名字，聽到她『嗯……』了一聲。隔了這麼久的時間，終於再度聽到她的聲音，心情稍微輕鬆了些。

「妳為什麼一直不和我聯絡？我擔心得要命。」

『對不起。』

「我昨天去了妳家。」

『我聽哥哥說了。』

美咲的聲音中沒有以前的活力，聲音很小聲，聽起來好像有什麼煩惱。聽她說話時，有一種喘不過氣的感覺。晴人用力握住手機。

「妳真的不想見我嗎？」

在等待回答時，他覺得可以聽到自己的心跳聲。

『……我有了喜歡的人。』

「啊？」

『那是我一年前交往的對象，是專科學校的學長。畢業後，大家忙著工作，所以就分手了，但我一直都很喜歡他。』

晴人聽不懂她在說什麼，腦筋一片混亂。

『但是不久之前，他又聯絡我。學長自己開了一家店，要我和他一起工作。……而且還說，想和我重新開始……』

「什麼意思啊……」

『所以，我現在和他在一起。』

「妳在騙我吧？」

『我沒騙你。』

「妳突然說這種話，我沒辦法相信！」

『——喂？』

電話中傳來一個男人的聲音。

『我姓神谷，是她的男朋友。』

交往？困惑和煩躁像瀑布一樣從天而降。

『很抱歉，事情就是這樣。』

「事情就是這樣？」

『我好像搶走了你的女朋友。』

男人平靜的聲音反而讓人生氣。

『但希望你能諒解，她也希望和我在一起。』

晴人握著手機的手因為憤怒而顫抖。

『晴人，對不起。』美咲再度接過了電話。

「我們見面好好聊。」

『我不能再和你見面了。』

「為什麼？」

美咲沉默了一下。

『……因為他會不高興。』

「怎麼會有這麼自私的行為！」

『我只要對他坦誠，即使其他男人覺得我不坦誠也沒關係，所以我不能再和你見面，也請你不要再聯絡我。』

「什麼意思啊……！和以前喜歡的男人破鏡重圓，就叫我不要聯絡妳——」

他忍無可忍地咬緊牙關，然後說出了像是詛咒的話。

「太差勁了……」

不知道在電話另一端的美咲露出了怎樣的表情，和身旁的男人一起嘲笑可憐的我嗎？這麼一想，就覺得受不了。

『你怎麼想我都沒有關係。』

美咲的聲音在顫抖。也許我的話激怒了她。但她根本沒資格生氣。

『晴人，希望你忘了我……』

晴人覺得她好像在說，把他們共度的時間當作從來不曾發生過，難以承受的痛苦重重地壓在肩上。

她掛上電話後，晴人只感覺到空虛和無法接受眼前的事實。看向窗外，月亮的位置比剛才更斜了，簡直就像無處可去的靈魂懸在夜空正中央，微微發出光芒。

「王八蛋！」

高梨的叫罵聲響徹整個攝影現場，晴人才回過神。因為他把相機電池忘在事務所了。

高梨火冒三丈，一把抓住晴人的胸口。

「你最近也太常犯錯了吧！你有沒有把工作放在眼裡！？」

晴人被高梨一推，一屁股坐在地上後說：「我馬上去拿！」衝出了攝影棚。

他用力踩著腳踏車的踏板，不禁對不爭氣的自己嘆氣。這幾天都魂不守舍，根本無法專心工作。雖然明知道不能把失戀帶到工作上，但突然和美咲分手，他不知道如何是好。

她目前正和別的男人在一起，對著那個男人露出以前在我面前展露的笑容。想到這件事，懊惱和鬱悶就像無數玻璃刺痛自己的心。

晴人怒不可遏，換檔加快了速度——這時聽到了汽車喇叭聲。一輛車子從視野右側衝了出來。他握住了剎車。完了。來不及了。他忍不住閉上了眼睛。

那輛車子在千鈞一髮之際停在他眼前，坐在駕駛座上的男人大吼一聲：「看號誌燈！」原來是紅燈。晴人鞠了一躬，回到人行道上，又沒出息地嘆了一口氣。

我在幹嘛……

回到事務所，拿了電池回到攝影棚，攝影晚了一個小時才開始。雖然浪費了不少時間，但總算在當天完成了攝影工作。

「對不起！」

攝影結束後，他立刻先向澤井鞠躬道歉。

「你最近常犯錯。」

「對不起，我明天開始——」

「你辭職也沒關係。」

「啊？」

「雖然我不知道你發生了什麼事，但我這裡也沒那麼賺錢，沒有能力養不想做事的人。即使你離開，也有很多人想做攝影助理的工作。」

「請等一下！我從明天開始，不，從現在開始就會專心工作！所以不要開除我！求求你！」

澤井重重地嘆了一口氣，露出銳利的眼神看著他說：

「沒有下次囉？」

晴人第一次看到澤井露出這樣的表情，用力吞著口水。

收拾作業完成後，他把器材搬回了事務所。他正在保養相機，同時反省今天犯的錯，聽到有人在背後叫他：「朝倉。」回頭一看，剛才已經離開的真琴站在門口。

「真琴姊，妳怎麼回來了？」

「我忘了帶東西。」

說完，她走去自己的辦公桌前拿了資料。晴人深感抱歉，握著的雙手忍不住用力。真琴噗哧一聲笑了出來說：「你那是什麼表情？」

「今天真的很抱歉。」

他深深地鞠躬，真琴用手上的資料打他的頭。

「你等一下有空嗎？要不要去喝一杯？」真琴做出舉杯喝酒的動作。

「啊？但已經十一點了啊。」

「是啊。不知道是因為誰的關係，才會拖到這麼晚！」

「對不起。」晴人再度向一臉調皮表情的真琴道歉，她笑著說：「開玩笑，開玩笑。朝倉，你住在代田橋吧？我住永福町，那就去位在中間的地方，怎麼樣？」

然後，他們來到了明大前車站附近的居酒屋。

因為是非假日，再加上已經十一點多了，二樓的座位只有他們兩個人。他們坐在可以看到車站月台的窗邊座位，當冰涼的啤酒送上來時，真琴說了聲：「辛苦了」，乾杯後，幾乎一口氣就喝了一大半。

「啊，真好喝！」真琴一臉天真的笑容，把酒吞了下去。「最近下班之後都喝啤酒，繼續喝下去，肚子就會越來越大。」

「會嗎？」

「你好陰沉！你怎麼了？最近都一直這麼陰沉。」

晴人沒有回答，真琴似乎察覺了他的心情，無奈地把杯子裡酒喝完了。

「這種時候，十之八九是失戀。再給我一杯啤酒。」

失戀嗎？從別人口中說出來，有更真切的感受。原來我失戀了。

「就是上次你要求婚的女生？」

「嗯，是啊。」

「為什麼會分手？」

晴人苦笑著說：「她好像有一個之前就喜歡的人。」

「哇！這會不會太糗了！？」真琴用小毛巾掩著嘴大笑起來。

「喂！不要笑我啦！」

「因為你還在問澤井先生要怎麼求婚，結果就被別的男人搶走了，這也未免太糗了！」

「妳不要在傷口上撒鹽……」說完，他喝了一大口啤酒，苦笑著說：「但真的很糗。」

慘了，我好像快哭了。在這種地方哭太丟臉了。忍耐、忍耐。朝倉晴人，要忍耐。

雖然他努力忍耐，但負面情緒像海浪般湧現。

美咲現在也和那個男人在一起嗎？完全沒有想到我，和那個男人接吻、上床嗎？

啊──可惡！媽的！

「再給我一杯啤酒！」

他越想越氣，拚命喝酒。一口氣喝完送上來的啤酒後，還喝了平時很少喝的日本酒，又把三杯威士忌兌蘇打水倒進胃裡，所以很快就醉了。他趁著醉意，把內心的膿汁吐了出來。

「唉，真窩囊！我真是太窩囊了！女朋友被前男友搶走，結果自己因為失戀一蹶不振，在工作上一直犯錯，影響了澤井先生……真的糟透了！我真想在全身刺上經文的刺青，好好反省！」

「我看還是不要吧？不然人家看到你一身刺青，還以為你是盲眼琵琶法師無耳芳一呢。」

唉。晴人重重地嘆了一口氣，趴在桌上，用很沒出息的聲音說：「我一直搞不懂，澤井先生當初為什麼會僱用我？僱用我這種連小事都做不好的廢物。」

「這我就不知道了，但我認為工作上的疏失就必須靠工作來挽回。」

「但是……」

「沒什麼但不但是，廢物，你給我抬起頭。」

晴人無力地應了一聲，坐直了身體。

「我能夠理解你走不出失戀的心情，我也曾經有過類似的經驗，但對方另有喜歡的人，這不是常有的事嗎？」

「常有的事……」

「人即使在戀愛中得到滿足，但也會像正在發育，整天吃不停的小孩子一樣，會忍不住想要更多。當接到前男友的電話時，她也許剛好心靈空虛。戀愛這種事，幾乎是時機決定了一切。」

「她不是那種人……」

真琴看著他生氣的樣子，笑著說：「你真可愛。」她托著臉頰，把眼睛瞇成彎月形看著他。

「朝倉，沒想到你這麼癡情。分手的那個女生是你的第一個女朋友嗎？」

「不，之前也交過女朋友，但是……」

「但是？」

「以前我從來沒有真心喜歡過一個女孩子。高中時雖然有女朋友，但並不是很喜歡。對方向我告白後，我就覺得『好啊』，然後就開始交往。結果那個女生也察覺了我的想法，最後把我甩了。即使分手之後，我也沒有這麼沮喪，只是冷冷地覺得『喔，這樣喔』。所以美咲是我第一個那麼喜歡的女生。」

他一口氣喝完威士忌純酒，胃底一陣灼熱，好像快燒起來了。

「活到二十四歲，說起來真的很沒出息，但我第一次知道，想要約自己喜歡的女生竟然會這麼緊張。一直在想，萬一她拒絕怎麼辦？萬一她已經有男朋友了怎麼辦？然後越想就越不敢開口。我以前完全不知道，原來喜歡一個人會這麼膽戰心驚。」

雖然我這麼沒有勇氣，這麼沒出息，而且當初還說了謊，但美咲原諒了我，而且還努力喜歡我。我覺得她開始慢慢喜歡我了。但這也許只是我一廂情願的想法，她也許只是為了忘記上一段感情，才和我交往……

「我勸你還是忘記她吧。」真琴舉起裝了梅酒的杯子喝了起來。

「男人往往對戀愛充滿理想，但女人更冷靜。一旦進入下一場戀愛，就不會再想起之前的男朋友。她叫美咲嗎？我相信她也一樣，所以我勸你也趕快忘記她。」

嘆息呼出的長氣拂動桌上的餐巾紙。

「有辦法忘記嗎？」

窗外的車站燈光熄滅了，當末班車駛離後，月台也陷入沉睡。今天這一天又結束了。日子就這樣一天一天過去，當歲月像雪一樣累積，超過比和美咲共度的時光後，就可以忘記她嗎？

「朝倉，」

晴人抬起頭，真琴露出從沒見過的嚴肅表情。

「要不要我幫你忘記她？」

「啊？」

咚——他聽到杯子翻倒的聲音。

真琴的身體從桌子上探了過來，拉著晴人的手臂，親吻了他的嘴唇。晴人感受到濕潤而有點溫暖的感覺。

因為事出突然，他不知道發生了什麼事。

但她的嘴唇很甜。

＊

九月過了中旬，夏天的酷暑漸漸遠離，夜晚開始涼爽。

和晴人最後一次見面至今已經將近一個月，和那個時候相比，魚尾紋和法令紋都變深了。肌膚漸漸失去了彈性，新長出來的頭髮中，白髮遠遠超過黑髮。老化靜悄悄地，但確實地侵蝕了美咲的身體。只不過蒼老的情況還不至於太嚴重。

早晨起床後，她都會在鏡子前確認自己的臉，觀察皺紋有沒有比昨晚睡覺之前增加？白髮有沒有增加？她戰戰兢兢地看向鏡子，在鏡子中看到年輕的自己，就會發自內心感到安心。太好了，我還是昨天的我……然後對著鏡子中的自己說：「沒問題。」這就是美咲每天的生活。

去醫院接受各種檢查已經成為她的日常生活。這一天要測定肌肉量和骨質密度。快轉症候群一旦發病，肌肉會隨著老化逐漸衰弱，骨骼也會出現疏鬆情況，就會導致步行困難等障礙，最後無法行動。

在候診室等待叫到自己名字的時間是莫大的痛苦，萬一醫生說「妳的老化日益嚴重」……這種恐懼在內心像老鼠一樣竄來竄去。

她瞄向身旁的座位，一位駝背的老婆婆像石頭那樣坐在那裡，一動也不動地等待輪到自己看診。我以後也會變成那樣嗎？這麼一想，就幾乎崩潰，於是只好閉上眼睛，趕快想其他事，分散自己的注意力。

走進診間，神谷像往常一樣露出靜靜的微笑迎接她，然後告訴她「肌肉量和骨質密度都沒有太大的衰退」這句令人安心的話。

太好了……美咲感到全身放鬆。

「但如果日後身體狀況出現異常或是發高燒時，請不要忍耐，一定要告訴我。」

「醫生，請問……」

「什麼事？」

「上次真的很感謝你。」

神谷似乎立刻知道她在說晴人的事，搖了搖頭。

「因為如果拜託身邊的人，可能會被他發現，所以只能拜託你。」

美咲露出了苦笑，神谷面帶微笑說：「能夠幫上忙，真是太好了。」但他很快收起了笑容，「但這樣真的好嗎？」這個問題似乎在確認她的真心，美咲皺起了眉頭。

「不光是快轉症候群的病人，任何人在生病的時候，精神上的支持最重要，有時候甚至比任何藥物更有效。我能夠瞭解妳的想法，但是不是該告訴男友真相——」

「沒事，」美咲打斷了他，「已經沒事了。」

然後笑著對神谷說：

「這件事已經決定了，而且還有其他人可以支持我，比方說我哥哥，還有我哥哥的女朋友，所以沒問題。」

神谷輕輕點了點頭，但臉上的表情似乎無法認同。

美咲離開醫院，搭公車和電車回到了梅之丘。

她每次出門就會戴上口罩，因為她不想讓別人看到自己臉上的皺紋。

她走進附近的藥局拿出處方箋，領了提升免疫力的藥物和注射型的骨質疏鬆症藥物。

雖然她一開始對為自己注射這件事感到不知所措，但現在已經習慣了。

看著手上拎的塑膠袋，深刻體會到——

我果然是個病人……

回到家中，發現貴司和綾乃已經做好了壽喜燒等她吃飯。綾乃得知她生病之後，幾乎每天都來這裡。美咲感到高興的同時，也感到很抱歉，很擔心自己給她添了麻煩。然而，一旦把這些話說出口，就會讓綾乃很尷尬，所以她只能把這種罪惡感埋藏在內心深處。

很久沒吃的壽喜燒十分美味，令人齒頰留香。貴司專門挑肉吃，美咲和綾乃一起罵他。三個人難得度過了愉快的時光。

「早知道不應該這麼快辭去工作。」

吃完飯，美咲吃著綾乃削的蘋果，嘆著氣說。

她至今仍然為當初未經店長同意，就堅持要辭職這件事感到後悔不已。她非常瞭解因為店裡人手不足，自己突然辭職，一定會造成其他人的困擾。但是，如果繼續留在店裡，等找到新的美髮師再辭職，萬一老化症狀出現，讓大家知道自己生了這種病就慘了，更何況當晴人去髮廊時，有可能傳入他的耳中……美咲太害怕，無法說出真相。

「我覺得那時候辭職是很好的時間點，」貴司喝了一口茶說，「如果硬撐著去上班，很容易發燒。考慮到身體的情況，早點辭職是正確的決定。」

「但每天在家很無聊，會去想很多不好的事……」

美咲立刻發現貴司和綾乃露出了愁容，笑著說：「對不起，對不起，都怪我說這麼奇怪的話。對了，哥哥，我以後可以幫忙做開店之前的準備工作。」

「開店之前的準備工作？」

「嗯，像是打掃、切食材之類，我應該可以勝任。」

「但是……」貴司顯得有點猶豫。「有什麼關係，就讓美咲幫忙啊。」綾乃拍了拍他的背，貴司也露出潔白的牙齒笑起來說：「也好。」

「那我從明天就開始幫忙。我開始幫忙後，你們就可以開始準備婚禮。」

貴司和綾乃互看了一眼。

「怎麼了？」

「婚禮的事，我們決定稍微延期。」

「啊？」

「因為現在已經訂不到好的婚禮會場。」

「因為她堅持要在理想的會場舉辦婚禮。」

「你什麼意思啊！是你自己說由我決定！」

「雖然我這麼說，但妳挑選的每個會場都很貴啊，妳可以稍微降低標準——」

「你怪我？」

他們沒有繼續爭論下去。

「是因為我生病，所以你們的婚禮延期了嗎？」

美咲不安地注視著哥哥的臉，貴司敲著她的額頭說：「妳在胡說什麼啊，當然不是啊。」

「對啊，妳想太多了。」

「真的嗎？」

綾乃點了點頭，用好像清泉般清澈的聲音說：「真的。」

一定在騙我。他們一定是顧慮我的心情才決定延期。都是因為我生病……

但她掩飾了內心的想法，誇張地笑了笑說：「太好了，害我還很擔心。」

自己果然給他們添了很多麻煩……

回到房間，她看著小鏡子。今天過了一天，臉上的皺紋也沒有增加。她放心地吐了一口氣，把鏡子翻了過來。這時，聽到敲門的聲音，綾乃叫了一聲「美咲」，走了進來，遞給她一些基礎化妝品的樣品。

「不好意思，每次都麻煩妳。」

「妳別這麼說，反正也是公司剩下的樣品。」

美咲這一陣子很執著地保養皮膚，想要延緩老化的想法迫使她這麼做。但好的化妝品價格都不便宜，如果一下子購買許多優質的化妝水、乳液和乳霜，再多錢也不夠用。她為這件事請教在化妝品公司任職的綾乃，綾乃對她說「如果妳不嫌棄我們公司的試用品……」，於是就把公司內多餘的試用品帶來給她使用。

美咲試著剛拿到的試用品，有點誇張地大聲嘆氣說：「唉，得這種怪病的人生太吃虧了。」

托腮坐在桌旁的綾乃笑了起來。那是她感到不自在時的笑容。

「如果沒有生病，現在我已經接受晴人的求婚，然後哥哥一定拚命反對。」

綾乃露出悲傷的表情，但擦了唇蜜的嘴唇立刻露出笑容說：「我覺得貴司絕對不會同意你們結婚。」

「對啊，哥哥一定會揍晴人。」

「呃，應該不至於動手吧？」

「不，哥哥一定會動手。」

綾乃想了一下，鼻子發出輕輕的笑聲說：「那倒是。」

人生有所謂的分歧點，我目前一定就站在分歧點上。生病的人生和沒有生病的人生。

沒有生病的人生一定比較幸福。只要一想像，就會感到心痛，但自己決定要和晴人分手，所以不能後悔。

綾乃離開後，她打開抽屜，拿出了櫻花色的剪刀包。

——我覺得這是屬於妳的顏色。

——我的顏色？

——像櫻花一樣……我覺得就是妳的顏色。

回想起他的笑容，就知道自己仍然喜歡他。

——太差勁了……

當自己單方面提出分手時，他曾經很不甘心地這麼罵自己。沒錯，自己也知道這種行為很差勁，因為竟然用那麼過分的方式向他提出分手。

晴人，對不起……

美咲緊緊抱著剪刀包，不希望他留在自己內心的笑容消失。

隔天，她就開始幫忙哥哥做開店的準備工作，切蔬菜、用竹籤串起串燒的肉。以前讀高中時，也經常這樣在店裡幫忙。父母車禍身亡，哥哥向大學申請退學後繼承了這家店。

起初還不太適應居酒屋的工作，在生意步上軌道之前，兄妹兩人齊心協力，一起張羅這家店的大小事。像現在這樣兩個人一起為開店做準備工作時，就有一種回到從前的懷念感覺。

美咲工作很努力，在店裡幫忙時，就不會去想生病的事，所以她積極做各種事，甚至讓貴司擔心她會累壞身體。

美咲不希望店裡的老主顧看到自己目前的樣子，所以只有在居酒屋營業時間之前才在店裡幫忙。當老主顧問起為什麼最近都沒看到她時，她請哥哥代為回答：「她和男朋友同居了。」

做完開店的準備工作後，她就出門散步。化了濃妝之後，又戴上口罩，努力不引人注目，在附近散步一個小時左右。神谷也提醒她：「請妳每天都要運動，努力避免肌力衰退。」

沒問題，我目前還沒問題……美咲默默走在向晚的街頭，不停地這麼告訴自己，努力抗拒老化的激流。

九月很快就結束了，進入十月後，身體發生了變化。

有一天早晨，當她照鏡子時，立刻被嚇到了。臉上的皺紋比之前更明顯，皮膚也很黯沉，失去了光澤和紅潤。支撐臉頰的肌肉也開始衰退，臉頰的肉看起來都垂了下來。

她六神無主，拿著小鏡子的手也忍不住發抖。

我變老了……她真切感受到這件事。

那天之後，美咲對自己的容貌變化極度敏感。只要一看到有白髮，就立刻染髮，而且臉上的妝化得比之前更濃。洗完澡後，花一個多小時保養肌膚，好像著了魔似地吃各種有益肌膚的食物。但是，去醫院檢查後，醫生還是告訴她，肌肉量和免疫力持續衰退。她每次都覺得自己被逼入絕境，內心充滿恐懼。

那天晌午，美咲心不在焉地看著電視，不由得想著。

電視上的這些人外表都和昨天一樣。哥哥、綾乃和大家都和昨天沒什麼兩樣，只有我一個人不一樣了，只有我活在比大家快數十倍的時間中。為什麼只有我？

諧星在電視上搞笑的樣子讓她感到生氣，她忍不住用遙控器丟向電視。

「怎麼了？」正在廚房做午餐的貴司訝異地走過來，美咲終於回過神，揚起嘴角說：

「不，沒事。」她已經很習慣隨時像這樣擠出笑容。

隨著外表的老化，內在體力的衰退也很明顯。最近在店裡幫忙變得很辛苦，長時間站著工作，腰腿都會痠痛。這是因為肌肉減少，導致難以支撐身體的重量。只不過一旦告訴貴司，他一定會擔心，所以美咲總是硬撐著繼續在店裡幫忙。如果無法在店裡幫忙，就只能在自己房間內面對疾病，就會比現在更意識到老化這件事。所以美咲總是擠出笑容，用開朗的聲音問：「哥哥，還有什麼事要我幫忙？」

但是，因為她硬撐的關係，結果有一天發燒病倒了。哥哥擔心地說：「趕快去醫院」，但美咲一直搖頭拒絕。

她不想去醫院，因為一去醫院，就會覺得自己是病人……

「別擔心，只要好好休息就會好。」

她對哥哥這麼說完，就立刻躲進被子。

在高燒不退的朦朧意識中，她看著貼在牆上的月曆。十月的第一週已經結束了。她看著整排數字，突然想到一件事。

下個星期是父母的忌日。

隔週，美咲順利退了燒，和哥哥一起出門去掃墓。

貴司完全忘了父母忌日，扮著鬼臉笑說：「妳不說，我都忘記了。」但美咲立刻知道哥哥在說謊。哥哥是為了顧慮自己，才會猶豫該不該去掃墓。因為去掃墓時，一定會聯想到死亡……

他們在車站前的花店買了供在墳前的花，一起前往墓地。兄妹兩人已經很久沒有一起來為父母掃墓了。之前當美髮師時工作太忙碌，和哥哥的時間無法配合，所以在天堂的父母看到兄妹兩人一起來掃墓，一定感到很高興。

秋高氣爽，蜻蜓在藍天中悠然地飛來飛去。風很涼，只穿了一件芥末黃開襟衫覺得有點冷。美咲搓著手，正在洗墓碑的貴司見狀，立刻脫下運動衣披在她肩上。

兄妹兩人一起上了香，在父母墳前合掌祭拜。

……爸爸、媽媽，我生病了，醫生說這種比別人老得更快的病治不好。最近皺紋越來越多，體力也比以前差了很多。我覺得自己的身體漸漸失去了自由。雖然我這麼說，你們一定很難過，但是今天讓我說這句話……爸爸、媽媽，你們為什麼沒有生下一個健康的我？我真希望自己有一個健康的身體，我希望你們生下一個健康、富有活力的我……對不起，我說這種話很過分，也很不孝順，但我還是會這麼想，還是希望你們可以生下一個健康的我。我知道自己說這種話很差勁，我相信也是因為這樣，才會遭到報應。

「美咲？」

聽到哥哥的叫聲，她睜開眼睛。

「走了。」

但是，美咲仍然在原地不動。

「怎麼了？」

「……明年的這個時候，我應該就躺在這個墳墓裡了。」

貴司苦笑著嘀咕：「妳別說傻話了。」

「……傻話？」

「不要去想這種事，如果妳再說這種無聊的話，我就要生氣囉。」

「我會想啊……」

美咲的聲音微微顫抖。她用力握住拳頭，憤怒脫口而出。

「我當然會想啊！」

說完之後，立刻低頭道歉說：「對不起。」

我真的很差勁，把內心的煩躁發洩在別人身上，亂發脾氣。因為我是這種人，所以才會生病。

貴司摟著美咲的肩膀說：

「妳不會死。」

貴司的聲音很溫柔。因為太溫柔，美咲差一點哭出來。

「妳不會死，妳絕對不會死。」

美咲露出乾笑。

「你有沒有聽醫生說的話？我的病根本治不好，所以——」

「妳少囉嗦……」

哥哥的聲音微微發抖，似乎克制著內心的悲傷。

「我會想辦法。」

「……哥哥。」

「我一定會想辦法。」

這句話打動了美咲，她感覺眼睛深處一陣發熱。

「以前也是這樣。小時候，附近那些小鬼欺負妳的時候……老爸和老媽死了之後……妳想要當美髮師的時候……我不是都想辦法幫妳搞定了嗎？」

貴司摟著她的手很大、很溫暖，哥哥一直用這雙手支持我。

貴司吸了吸鼻子，笑了起來。

「有我在，妳不必擔心，所以不可以再說這種話，知道嗎？」

「對不起……」

美咲道了歉。向生下自己的父母，和照顧自己長大的哥哥一次又一次道歉。

「回家煮點好吃的。」貴司用力摸著美咲的頭，「妳想吃什麼？」

「我想吃你做的炒飯……」

「是喔，那我炒一盤超好吃的炒飯給妳。」

貴司微笑著說，美咲也笑著回答：「嗯。」

哥哥的笑容稍微讓她有一種得救的感覺。

＊

——哥哥，你是我的英雄。

小時候，美咲曾經這麼對我說。她比我小六歲，附近那些搗蛋鬼經常叫她「酒館的女兒」，她每次都被氣哭了。所以我只要聽到有人欺負她，就會立刻衝出去教訓那些搗蛋鬼，然後把手伸向坐在地上哭泣的美咲。她就笑著對我說——

哥哥，你是我的英雄。

我至今仍然記得她的聲音和她的笑容。

有沒有什麼方法可以阻止美咲的老化？貴司沒有輕言放棄，四處尋找有效的方法。不能只靠醫院。因為那個醫生一再堅稱，「目前還沒有可以治療快轉病的方法」，所以貴司開始尋找是否有適合美咲的民間療法。如果不趕快找到，美咲的病情就會迅速惡化。最近她的皺紋越來越多，看起來根本不像二十四歲。照目前的情況發展下去，下個月會更老。不加快速度找到治療方法就來不及了……

最後他終於找到了電磁波療法。聽說有許多疑難病症的病人都去那家治療院，官網上有許多人分享了經過治療後，病情減輕的經驗。

這種療法或許值得期待。貴司內心充滿希望地打電話到位在橫須賀的那家治療院。院長是一個聲音聽起來感覺很不錯的男人，當貴司告訴他，妹妹罹患了快轉症候群時，他熱心地傾聽貴司說明情況。

『醫院只會依照標準規範進行治療，我以前也曾經在醫科大學的醫院任職，但這種墨守成規的治療方法無法減輕病人的痛苦，所以我才開了這家治療院。」

院長說的很有道理，貴司握著聽筒，連續點了好幾次頭。

「請問貴院的電磁波治療，可以治好我妹妹的病嗎？」

『我很希望能夠治好令妹的病，但任何治療方法都會因人而異，在實際接受治療之前，我無法表達任何意見。』

「這樣啊……」

『但是，本院也有罹患和你妹妹相同疾病的病人。』

「真的嗎？」

『對，經過治療之後，出現了非常理想效果。據說是透過電磁波活化細胞，順利阻止了老化。』

貴司立刻向院長預約了治療時間。因為要使用特殊的器材，所以無法使用保險，必須全額自費。但在目前的情況下，不能計較金錢。貴司內心的期待像泉水般湧現。

幾天後，他帶著美咲前往治療院。因為擔心搭電車前往，會對美咲的體力造成很大的負擔，所以向綾乃借了車子。

他們沿著高速公路前往橫須賀。車子開了一會兒，大海出現在擋風玻璃的前方。從窗戶縫隙吹進來的海風刺激著鼻孔，看著這片波光粼粼的大海和被山脈包圍的街道，覺得那裡簡直就是可以拯救美咲的夢想王國。

來到橫須賀的市中心後，車子繼續開往浦賀的方向。在道路錯綜複雜的住宅區內開了一陣子後，終於看到了那家治療院。那家小小的治療院位在五金行和便利商店之間，藍色的看板上寫著『優春堂治療院』。

「是這裡嗎？」

美咲似乎對初次來到的地方感到緊張，貴司為了消除她的緊張，故意誇張地咧著嘴笑了笑說：「不必擔心。」

治療院內四坪大的候診室內有一個掛號櫃檯，後方是診間。院內播放著療癒系的安靜背景音樂，牆上貼著病人的留言。

疾患坐在候診室的長沙發上，有人在翻雜誌，有人在滑手機，這些人可能都生了什麼病，每個人的氣色都很差。

告訴櫃檯事先有預約後，櫃檯人員請她填寫問診表。美咲詳細填寫了目前的症狀。貴司努力克制著激動的心情，很希望美咲能夠趕快接受治療。想像順利阻止老化時，美咲臉上的表情，就忍不住高興起來。

填完問診表後不久，就叫到了她的名字。因為第一次來，所以貴司陪她一起走進了診間。

「我是院長前野，」身穿白袍，體態福態，一臉柔和表情的男人坐在放滿醫學書的桌子前。和之前在電話中聽到的聲音一樣。前野院長看著問診表，問了美咲不少問題，觸診之後說：「那我們就開始治療」，帶他們來到隔壁的房間。

用屏風隔開的三個治療區內分別有一張簡易的床，床腳的位置放了一台很大的儀器，似乎就是發出電磁波的儀器。

美咲一臉緊張地躺在床上，前野把和儀器相連的治療墊套在美咲的雙手和雙腳上，床的下方似乎鋪了特殊床墊，所以電磁波可以流向手臂、大腿和後背。

治療開始後，貴司走回候診室，坐在長沙發上等待美咲結束。他覺得心跳加速，忍不住用力吐了一口氣，身旁的老人瞥了他一眼。他為自己發出聲音低頭道歉，然後默默等待時間一分一秒過去。

一個小時左右，美咲回來了。貴司立刻跑上前問：「妳覺得怎麼樣？」

「我也不太清楚。」美咲一臉困惑的表情，這時，前野走過來，滿面笑容地說：「效果沒這麼快，請持續接受治療，但今天的治療已經在相當程度上活化了細胞。」貴司頻頻向他鞠躬表達感謝。

坐在櫃檯的中年女人說：「今天包括初診費在內，總共五萬四千圓。」貴司從褲子後方的口袋裡拿出對折的皮夾，把萬圓大鈔放在櫃檯上。美咲露出不安的表情看著他，但貴司假裝沒有發現她的視線，迅速結完了帳。

「……竟然這麼貴。」

美咲在回程的車上說。

「妳在意錢的事嗎？傻瓜，怎麼可以不捨得花錢？如果可以抑制老化，不是很便宜嗎？妳不必在意錢的事。」

車子駛入了隧道，車內一片橘色。貴司瞄了美咲一眼，發現她露出了複雜的表情。貴司立刻轉移話題，開始聊其他事。

之後，貴司每週都帶美咲去橫須賀的治療院兩次，有時候每週三次。接受一個小時的治療後，再追加注射濃縮維他命的針劑。治療費有時候甚至超過八萬圓，但貴司仍然堅持每週都帶美咲前往。當院長推薦可以在家裡進行簡易電磁波治療時，也毫不猶豫地支付了五十萬圓鉅款。一切都是為了妹妹，他毫不懷疑這些治療一定可以延緩美咲的老化。但是，一下子花這麼多錢，存款在轉眼之間就迅速減少，很快就要見底了。

就這樣過了一個月，來到了十月底——

治療並沒有抑制美咲的老化，因為頻頻染髮，所以頭髮看起來還是黑色，但支撐臉頰的肌肉衰退，整張臉都向下垮了下來。因為眼瞼肌肉鬆弛，原本一雙像貓一樣的大眼睛也變小了，整體有一種萎靡的感覺。美咲變得不愛說話，笑容也少了，完全看不到以前活潑的笑容。

每次看到美咲的樣子，內心深處就充滿了焦躁。必須趕快想辦法。是不是因為治療的次數太少了？要不要增加治療次數？如果每天接受治療，一定會出現效果。貴司滿腦子都在想這件事。

那天晚上，居酒屋打烊後，貴司正在計算一天的營業額，綾乃走進店裡。

「現在可以說幾句話嗎？」她的表情很嚴肅。

看到她露出想要表達什麼意見的眼神，貴司停下了正在按計算機的手。

「那個治療，你打算持續到什麼時候？」

「妳問我持續到什麼時候是什麼意思？」貴司皺起眉頭。

「我並不認為有任何效果……」

貴司聽了，立刻露出銳利的眼神。

「開始治療到現在，已經將近一個月了吧？但我認為完全沒有效果，美咲的病情比之前更加惡化，肌肉力量也持續衰退，連走路都很吃力。我覺得不該再整天帶著她往外面跑——」

「妳給我少囉嗦，」貴司咬牙切齒地說，「治療才剛開始而已，效果沒那麼快。」

「但已經花了超過兩百萬了，不是嗎！？已經花了這麼多錢，也沒有任何效果，以後應該也一樣！」

「妳說話小聲點！會把美咲吵醒。」

「我瞭解你很關心美咲，但繼續接受這種治療根本沒有意義！我希望你可以冷靜一點！」

貴司放在桌上的手握緊了拳頭。

「因為妳是外人，所以才會說這種話。」

「……什麼意思啊！」綾乃的臉漸漸漲得通紅。

「為了美咲，我花多少錢都願意。現在才花了兩百萬而已，不要為這點小錢囉哩八嗦。」

綾乃低著頭，一動也不動。

「妳走吧，以後別再管美咲生病的事。」

綾乃起身，轉身準備離開時說：「我也——」

貴司轉過頭，發現她的肩膀顫抖著。

「我也希望可以救美咲……」

雖然綾乃拚命克制，但她長長的睫毛眨了一下，淚水就撲簌簌地留了下來。

「因為我們都是女人……所以我能夠體會看到自己一天天變老有多麼可怕……」

綾乃就像潰堤般哭了起來。貴司第一次看到綾乃這樣激動地哭泣，所以內心陣陣疼痛。

「而且，我並不是外人……美咲就像是我的親妹妹……所以……所以我當然希望可以救她！？」

「是我不好。」

貴司伸出手，想要拭去她臉頰上的淚水，但被推開了。

看到綾乃流淚很難過，但是……貴司繃緊嘴唇說：

「希望妳能夠諒解，我希望再堅持一下。因為我不希望現在停止治療，之後才後悔當初如果再堅持下去，或許就有效果。更何況也許之後會出現效果，所以……」

綾乃不發一語走出了居酒屋。但是貴司並不感到後悔。他早就下定決心，要為美咲做所有力所能及的事，要連同父母的份，為美咲做一切。貴司的內心充滿了這樣的使命感。

十一月之後，貴司仍然帶著美咲前往橫須賀。那天之後，就沒有和綾乃聯絡，所以只能租車前往。

下了高速公路，行駛在國道期間，美咲什麼話都沒說。她的心已經被日益嚴重的老化壓垮了。她像往常一樣，用口罩遮住了臉，看著車窗外的風景。美咲這樣的身影令貴司感到痛心，他強顏歡笑，笑著告訴美咲昨天和老主顧之間的無聊對話，還不時哼著歌，但美咲完全沒有笑容。

他像往常一樣，在投幣式停車位停好車，扶著美咲走向治療院。綾乃說得沒錯，美咲最近連走路都有困難。

「妳可以嗎？」

貴司抓著妹妹變得細瘦的手臂，扶著她走路。美咲只是簡短地「嗯」了一聲，肩膀起伏喘著氣，蹣跚地一步一步走著。看到妹妹無力拖著腳步走路的樣子，貴司痛不欲生，簡直就像有一把刀子割碎了自己的心。

加油……加油……他在內心聲援妹妹，走在通往治療院的路上。

但是，來到治療院前時，貴司的表情僵住了。

治療院的鐵捲門拉了下來，但今天並不是休診的日子，而且事先已經預約了。

這是怎麼回事？他皺著眉頭拿出手機撥電話，只聽到電話鈴聲，卻沒有人接。不祥的預感湧上心頭，背上冒著冷汗。美咲抓著貴司的手臂，不安地抬頭看著他。

「這是怎麼回事？太奇怪了，今天休診嗎？」他努力擠出笑容試圖讓美咲安心，但臉頰抽搐著。

「有事嗎？」這時，隔壁五金行的老闆探出頭問他們。

「請問今天治療院——」

「喔，那個醫生昨天被警察抓走了。」

「什麼？」

「聽說好像是詐騙，只是通電流，就要收好幾十萬的治療費，真是太黑心了。」

貴司覺得整個世界崩潰了。他頭暈目眩，身體搖晃起來，美咲拉住了他的衣服。

「哥哥，你沒事吧？」

「真傷腦筋啊，哈哈哈……」

美咲不發一語，露出悲傷的眼神看著他。

兄妹兩人坐在可以看見大海的公園長椅上。

開始傾斜的太陽靜靜照耀著彼岸的美國海軍基地，像鯨魚般巨大的潛水艇悠然地浮在閃著橘色光芒的海面上。

貴司喝完了手上的罐裝果汁後，誇張地笑了起來：「真是太過分了，沒想到真的會有人用這種方式詐騙。雖然騙了我們一些錢，但幸好及時知道。」

「嗯……」美咲雙手用力握著手上的奶茶罐。

「妳不要露出那種表情，沒事啦，我很快就會找到理想的治療院。」

美咲什麼都沒說，頭髮遮住了她的臉，看不到她的表情。

「美咲？」

「……不用了。」

貴司臉上的笑容消失了。

「已經沒關係了。」

美咲看著貴司，露出了微笑。

「不必再找治療院也沒關係了。」

「妳別說這種話，一定有可以延緩老化的治療方法。我們再努力找一下，好不好？現在放棄太可惜了。」

「不，真的已經沒關係了，不需要再為我花更多錢了。兩百萬也已經夠多了，難怪綾乃會生氣。」

「妳……」貴司的表情抽搐起來，「妳聽到了？」

美咲沒有回答，只是笑了笑。她露出滿面笑容，臉上全是很深的皺紋。她努力擠出了笑容……

「我會努力！」

美咲露齒而笑。

「俗話不是說，疾病的根源在於心嗎？所以我不會向疾病低頭，要靠自己的力量戰勝疾病。」

貴司知道妹妹在逞強，所以更加於心不忍。妹妹硬是表現出開朗的樣子，她的內心幾乎被迅速衰老的恐懼壓垮，但為了不讓我擔心，仍然勉強自己，想要激勵我。照理說，應該是我鼓勵她才對……

貴司內心懊惱不已，皺起整張臉，低下了頭。

「哥哥？」

貴司寬闊的肩膀微微顫抖，他終於忍不住發出了嗚咽。貴司低著頭哭了起來。

「美咲——」

他用力握緊放在腿上的顫抖雙手。

「對不起，我無法為妳做任何事……」

美咲的眼中也含著淚水，在夕陽的映照下閃著亮光。

「照理說，我應該救妳……但是……我無法為妳做任何事……甚至無法讓妳接受理想的治療……我……我……」

懊惱和自責湧上心頭，無數淚水流了下來。

「我真是個不中用的哥哥……」

貴司泣不成聲，滿臉的眼淚和鼻涕。

「對不起……真的對不起妳……」

美咲從口袋裡拿出手帕說：

「你好髒喔。」

她笑著為貴司擦拭眼淚，然後摸著貴司的頭說：「沒這回事。」小時候，美咲每次被人欺負時，貴司就會這樣摸她的頭。這次換成她溫柔地撫摸哥哥的頭。

「哥哥，你是我的英雄。」

不，我才不是妳的英雄。

我無法為妳做任何事……

「所以，只要有你，我就不會輸給疾病。」

美咲似乎在說給自己聽。

「絕對不會輸！」

我不想變老，我想繼續保持年輕。美咲拚命忍著淚水，似乎想要表達內心的這種想法。

美咲沒有哭，我怎麼可以哭？貴司動作生硬地擦著眼淚心想，應該還有努力的方法，一定還有其他可以為美咲做的事。

他注視著緩緩沉落的太陽，在內心用力告訴自己。

＊

一年沒穿的牛仔夾克有一絲去年秋天的味道。

那時候遇見美咲沒多久，只能趁她不注意，隔著鏡子，偷偷觀察她為自己剪頭髮的身影，她手拿剪刀時的認真表情，以及不經意露出的可愛笑容，總是令自己內心感到無比溫暖。

撕下了十月的月曆，覺得又稍微將曾經和美咲共度的日子推向了過去。一天一天的日子像水一樣流逝，有朝一日，是否就會不再想起她。

和美咲分手已經兩個月，至今仍然會想起她。每次看到一起去過的電影院、咖啡店，在便利商店裡看到她喜歡吃的果凍，就會想起曾經站在自己左側微笑的美咲。不知道她現在正在忙什麼？雙手的粗糙有沒有改善？和新男友相處幸福嗎？美咲要自己忘了她，但晴人至今仍然會忍不住想起她，也忍不住為這麼沒出息的自己嘆氣。上個星期，為了徹底忘記她，晴人去了一家新的髮廊剪頭髮，看了美髮師完成的髮型，情不自禁地想。

還是美咲剪得比較好……

晴人看著洗臉台鏡子中的新髮型，又輕輕嘆了一口氣。

之前被澤井嚴厲批評後，晴人全心投入工作。自己的工作能力差，必須笨鳥先飛，搶先做事，不能繼續扯大家的後腿。他每天比集合時間提早到攝影棚，為拍攝工作做準備，再三確認備品是否不足，終於不再像以前那樣常挨高梨的罵。

這天下班後，他跟著澤井他們一起去附近的居酒屋喝一杯。

啤酒送上來後，高梨立刻問他失戀的原因。自從高梨得知他和美咲分手之後，簡直就像八卦記者一樣追根究底，沒完沒了地問各種問題。

「你們為什麼會分手？」「到底是什麼原因？」「對方另有新歡？」「還是你有不正常的性癖，被對方討厭？」

高梨光溜溜的腦袋幾乎湊到了面前，晴人有點不知所措，這時，剛好和真琴四目相對。他緊張得慌忙移開視線。

那次接吻之後，他們之間的關係就有點尷尬。工作時能夠正常對話，但休息時間，或是像這樣大家一起聚餐時，就會有一種不太對勁的感覺，晴人不敢正眼看她。真琴似乎對晴人這種見外的態度有點無所適從。

但是……晴人暗自想著。她突然親我，我當然會多想啊。那個接吻到底代表什麼意義？真琴姊喜歡我嗎？是我想太多嗎？只是酒後衝動而已？她是很有才華的攝影師，工作能力也很強，而且又很漂亮。雖然只比我大兩歲，但渾身散發出成熟的味道，我相信一定有很多男生喜歡她。聽說目前和她合作的出版社的人就很迷她。像她那樣的女生，怎麼可能喜歡我這種工作能力很差的廢物？

「——你有沒有其他喜歡的女生？」高梨舔著手指上的塔塔醬問道。真琴聽了，也看著晴人。

「朝倉，有沒有呢？」

她露出調皮的笑容追問，晴人忍不住冒著汗。

「應該說，現在還沒有……」

「是喔，原來還沒有啊。」真琴瞪了他一眼，然後瞇起了眼睛。

「不，要怎麼說……」

「你這個傢伙還真是不乾不脆！小心我把你的臉塞進牛雜火鍋裡！」

晴人不知所措地喝著啤酒時，澤井為他解圍。「朝倉最近很努力工作，根本沒時間談戀愛。」

晴人聽到澤井突然稱讚自己，嚇了一大跳，差一點把啤酒噴出來。

「我、我還差得遠呢！」他興奮地站了起來，大腿撞到了桌子。

「這不是廢話嗎？豬頭！你哪是差得遠！而是終於從廢物升級成為螻蟻而已！」高梨咂著嘴說。

雖然高梨罵得很難聽，但至少升級成為螻蟻，他也感到很高興。

「朝倉，你接下來有什麼打算？」

聽到這個問題，晴人臉上的笑容僵住了。「啊？接下來？」

「我當然希望你一直當我的助理，但從你的人生來思考，當然不能一直這樣下去。」

「我的人生……」

「高梨要在二月時和朋友一起開攝影展，真琴也持續接到風景照的攝影委託，大家都各自努力。光是做我的助理，無法成為獨當一面的攝影師。」

的確是這樣。雖然目前總算適應了工作，卻一直沒有展望自己的未來。高梨先生和真琴姊雖然每天都很忙，但仍然抽出時間拍自己的作品，只有我什麼都沒做。我能力最差，卻什麼都不做，永遠不可能趕上他們。

「朝倉，你想拍怎樣的照片？」

我答不上來。我到底想拍怎樣的照片？

那天晚上，他陷入了苦惱，輾轉反側。

當初為了成為配得上美咲的男人，再度從事攝影工作，但完全沒有思考之後的事。只是帶著『成為配得上她的男人』這個模糊的想法，持續每天的工作。這樣的男人即使求了婚，也當然會遭到拒絕。

如今，和美咲分手後，連『成為配得上她的男人』這個目標也沒了。那我接下來想成為怎樣的人？想拍怎樣的照片？

然而，即使想破了腦袋，他也想不出答案。

那天之後，晴人開始利用假日外出拍照。他不知道自己想拍怎樣的照片，但覺得不能因為休假就整天在家裡發懶。高梨先生和真琴姊在休假時，也都忙著拍自己的照片。所以我也要……他感覺到有一股力量在推動自己，所以就走上街頭持續拍照。

然後，他請澤井看一下自己拍的照片。他知道憑自己的能耐，根本沒資格拜託澤井，但還是希望一流的專業攝影師澤井能夠評價一下自己的能力。

澤井把晴人拍的照片排放在事務所的桌子上，目不轉睛地打量。這是面試之後，澤井第一次這樣看他的作品，他緊張得雙腳發抖。

「這只是紙。」

「紙。」

「只是拍了風景的紙。」

澤井拿起馬克杯，喝了一口咖啡，坐在那裡抬頭看著站在一旁的晴人。

「從這些照片中，完全感受不到你想拍什麼，只是隨便拍了街頭的風景而已，完全沒有任何驚喜和感動。硬要說的話，可以說傳達了『我很著急』的心情。」

澤井露齒一笑，但晴人無言以對。

「布列松曾經說過，『拍照是將頭腦、眼睛和心放在同一條軸上，也就是體現了一個人的生活方式。』」

亨利・卡提耶・布列松是代表二十世紀的法國攝影家。

「想要成為職業攝影師，才華和技術當然很重要，但是，照片往往充分表現出攝影師的性格和人品，我認為最重要的是『拍攝者的心』。」

「拍攝者的心？」

「在按下快門的瞬間，心裡在想什麼，在祈願什麼……，這也許是為照片注入靈魂。」

「祈願……」

「你想在照片中融入什麼願望嗎？」

這句話就像船錨一樣，深深地、重重地紮在他心底。

深夜，他留在事務所內，將自己的照片和澤井拍的照片放在一起比較。雖然風景照和智慧型手機的廣告照無法比較，但澤井拍的照片有一種難以用言語形容的「震撼力」，有一種「注入靈魂」的感覺，的確可以感受到攝影者訴諸的動能和訊息。

相較之下……晴人把自己的照片放在燈光下。

「願望喔……」

在拍這張照片時，我內心不要說願望，甚至沒有任何訴求。

我在拍照時到底該祈願什麼？

「——你真早啊。」

聽到真琴的聲音醒來，看著從百葉窗照進來的朝陽，發現自己在不知不覺中睡著了。

「早安。」

「你昨晚該不會睡在這裡？有那麼多工作嗎？」

「不，只是我不小心睡著了……」

「你在幹嘛？」真琴拿下披肩，無奈地笑了起來。「澤井先生批評你的照片，所以陷入沮喪嗎？」

「啊？」

「昨天下班後，和澤井先生、高梨先生一起去吃飯。」

原來在吃飯的時候聽說了……

「澤井先生稍微稱讚了你幾句。」

晴人的睡意全消了。「為什麼？」

「他說你拿照片給他看這個行為很了不起，你之前都只是奉命做事，所以算是向前邁進了一步。」

「但那些照片完全不行……」

「對了，你週末有空嗎？」

「是有空啦。」

「那我們去拍照。」

真琴說完，露出了柔和的微笑。

週末——清晨往高尾山口的京王線特急電車上只有零星幾名乘客。

晴人揉著惺忪睡眼，怔怔地看著車窗外的秋日天空。

手錶指向七點五十分。也未免太早出門了。他忍不住張大嘴巴打了一個呵欠。

『高尾山口，終點高尾山口到了。本列車將停靠在一號月台，出口在右側。』

下車後站在月台上，發現這裡的風很冷，和都心完全無法相比。他慌忙扣好牛仔夾克前面的釦子，縮起了身體。為什麼要來這裡集合？而且為什麼要來高尾山？他帶著這個疑問走出驗票口，一看到河流對岸的山脈，立刻消除了內心的疑問。

紅色和金黃色的樹葉交錯，在藍天下閃閃發亮。新鮮的陽光照射的這片景象，宛如昂貴的彩色陶瓷器。晴人衝動地從背包裡拿出相機，連續按了幾次快門。

約定時間的五分鐘後，人群從驗票口湧出，聽到一個熟悉的聲音叫著：「朝倉」，他立刻轉過頭。

「妳這身打扮是怎麼回事？」晴人驚訝地張大了嘴。

真琴一身「登山女子」的裝扮。Montbell的墨水藍羽絨連帽外套、登山包，頭上還戴著登山帽，完全就是一身登山裝扮。

「因為今天要登山啊，穿這樣很正常吧？」她攤開雙手，得意地展示自己的裝扮。

「登山？」

「好，出發出發。」真琴拉著晴人的夾克袖子。

他們一起搭了公車，不一會兒，來到了有點冷清的地方，不時看到農田和空地。眼前的景象讓晴人感到不安。她要帶我去哪裡？不是爬高尾山拍紅葉嗎？而且剛才說要登山，到底是？他瞥向身旁，真琴哼著歌，眺望遠方的山，她的笑容讓晴人更加不安起來。

他們在陣馬高原下的公車站下了車，沿著陣馬街道走向和田峠的方向，很快來到沒有鋪柏油的山路。

「呃，不是搭纜車上高尾山嗎？」

「那是表參道路線，這裡是陣馬山路線。」

「陣馬山路線？要走多久？」

「大約六個小時。」

「六個小時！？」聽到真琴衝擊性的回答，他差點跌倒。「要連續走六個小時這樣的山路嗎！？」

「沒錯沒錯，男生不可以抱怨。」

當然會想要抱怨啊……

真琴不理會晴人，輕鬆地沿著兩側都是杉木的陡坡往上走。晴人拚命追趕，但大腿很快就痛了。他可以想像爬完會有什麼後果。

花了一個多小時，終於來到了陣馬山的山頂。平時運動不足，身體發出了慘叫，明天一定會肌肉痠痛。但當他看到山稜線遠方的富士山時，還是忍不住露出了笑容。

他站在真琴身旁，用相機拍下宏偉的大自然。她的雙眼比平時更加明亮，站在她身旁就可以感受到她對拍照這件事樂在其中。

「我有點意外。」

「對什麼意外？」她原本看著取景器的雙眼看著晴人，用力眨了眨。

「我不知道妳的興趣是登山。」

「稱不上是興趣，但學生時代不時像這樣爬山拍風景照，現在太忙了，很難找到時間。」

「我一直以為妳想拍廣告。」

「以前曾經想出風景照的攝影書，只不過在日本想要做這種藝術性的事沒那麼簡單。但還是必須填飽肚子，所以才開始拍廣告。」

晴人第一次聽說她做目前工作的來龍去脈，就連優秀的真琴也無法做自己想做的工作，可見攝影這個行業很嚴峻。他不由得肅然起敬。

「但我希望以後可以去世界各地拍自己的照片，這就是我的夢想。」

真琴有點害羞地笑了起來。

夢想……這兩個字勾起了晴人懷念的感覺。自己在長野的鄉下時，立志成為一流攝影師，以為只要到了東京，就可以有所改變，人生就會大不相同。但是，對晴人來說，東京並不是實現夢想的地方，而是瞭解自己極限的地方。

真琴有想要拍的照片，有想要實現的夢想。但我沒有想拍的照片，只是繼續從事攝影工作。這根本和沒有目標的打工時代沒什麼兩樣，然而，內心越焦急，就越找不到答案，簡直就像蒙起眼睛，走在被深深的寂靜包圍的森林中。

他們在附近散步了一個小時左右，拍了樹木和鳥。

「雖然時間有點早，要不要先吃飯？」

他們一起坐在長椅上，她分了自己做的飯糰給晴人。

「我不是直接用手，而是隔了保鮮膜做的，所以不必擔心。有些人不是不敢吃別人直接用手做的飯糰嗎？」

「我在這方面完全沒有顧慮。」

「我想也是。」真琴托著臉頰笑了起來。

她做的飯糰好吃得出奇，淡淡的鹹味和內餡的烤鱈魚卵簡直是絕妙的搭配，配菜的炸雞也很好吃，晴人忍不住驚訝。

「真琴姊，沒想到妳這麼會做菜。」

「什麼意思？你該不會以為我不會下廚？」

「我真的這麼以為。」

「太過分了。」

「開玩笑啦。」晴人笑了起來，然後突然收起了笑容。「妳拍照和廚藝都這麼好，真羨慕啊。」他自嘲地垂著嘴角。

「你還在煩惱？原來你的興趣是煩惱。」

「不知道自己想拍什麼，對一個攝影師來說，不是很致命嗎？」

「是嗎？」

「當然是啊。」

「既然這樣，那就徹底煩惱啊。」

「啊？」

「我認為這種時候，能夠徹底煩惱的人就贏了。」

晴人聽不懂這句話的意思，傻傻地張著嘴。

「我也經常煩惱，自己到底想拍怎樣的照片，這張照片到底有什麼意思，我相信以後也會煩惱，但是——」

真琴露出嚴肅的表情，看著遠方的山脈。

「正因為煩惱，所以才想持續拍下去。因為我相信，經歷這種煩惱、迷惘和痛苦等所有一切，才能拍出自己的作品……」

真琴說完，用力拍了拍晴人的背。

「所以，希望你可以徹底煩惱，直到瞭解自己想拍什麼樣的照片。」

原來真琴姊在拍照時也會煩惱……，原來並非可以輕易找到答案，拍照就是在煩惱的過程中持續拍下去，這些煩惱的時間將會成為自己的足跡。

「希望你有一天告訴我，你想拍怎樣的照片。」

晴人露出淡淡的笑容，點了點頭。

下午三點過後，他們終於抵達了高尾山。

因為太累了，雙腿都發軟，襯衫和長褲都被汗水濕透了，但心情比登山前更燦爛。

他們參拜藥王院後，又拍了一些照才下山。

下山的路上，晴人發現一棵樹時，忍不住停下了腳步。

櫻花樹……他抬頭仰望，發現樹梢綻放著很像櫻花的花朵。雖然因為天氣寒冷，許多花瓣都凋零了，但淡桃色的花緊緊擁抱枝頭綻放。

櫻花怎麼會在這個季節綻放？

走在前面的真琴發現他停下腳步，仰頭看著，轉過頭問他：「怎麼了？」

「我覺得這棵樹很像櫻花。」

「這就是櫻花，我記得叫十月櫻。」

「十月櫻……」

「通常這個季節已經凋零了，沒想到還在開花。」

晴人仰望著即將凋零的十月櫻，回想起曾經和美咲一起走在櫻花樹下。每當和她共度的時光在腦海中閃現，淡淡的痛楚就會在內心擴散，她最後說的那句話就會在內心迴響。

——希望你忘了我……

也許現在就是該忘記她的時候了。我有我該做的事，我想認真投入攝影，想要尋找自己想拍的照片。不能遲遲走不出過去，希望可以繼續向前走。

晴人從口袋裡拿出手機，刪掉了始終難以刪除的美咲的電話號碼。雖然感到心痛，但覺得自己似乎可以踏出新的一步。

然後，他離開了即將凋零的十月櫻。

淡紅色的花靜靜飄落，似乎在追逐他離去的背影。

＊

病房的天花板已經成為熟悉的景象……

美咲仰躺在病床上怔怔地想，雖然是白天，但她拉起了窗簾，所以病房內很暗。十一月底的冰冷空氣從窗戶的縫隙中鑽了進來，讓她冷得直打哆嗦。她想把被子拉到肩膀，但手沒有力氣。她內心的焦躁變成了嘆息，注視著自己的右手。

好可怕的手……

這一個月來，老化日益加速，尤其雙手的皺紋比以前更多，只剩下皮包骨頭，簡直就像樹齡幾百年的樹木表面，看了就想吐。

美咲把手掌朝向天花板，目不轉睛地注視著手臂，回想起夏天時，晴人握著自己的手說的話。

——妳這雙手不是證明妳每天都在努力工作嗎？

——所以我喜歡妳的手。

晴人……你曾經說喜歡的那雙粗糙的手已經不見了，現在變得這麼皺巴巴，這麼醜……

她覺得心都碎了，淚水湧了出來。

手已經變成這樣，臉一定更加慘不忍睹，但她太害怕了，所以不敢照鏡子。萬一真的變成一個醜陋的老太婆……一想到這件事，就有一種好像被拉進一片漆黑空間的恐懼。美咲翻了身，在內心默唸著咒語，努力擺脫這種恐懼。

沒問題，一定沒問題，我應該還沒有變得那麼老……

她看到了掉在臉頰上的頭髮。之前染的頭髮幾乎又變成白色，剛才的咒語立刻消失了。

「我好想、染頭髮……」

她不想再看到白髮，於是用力閉上眼睛，擺脫眼前的一切。

美咲在一個月前開始住院。她因為免疫力衰退造成了肺炎，於是在神谷的提議下住了院。起初住的是大病房，但一個愛管閒事的大嬸總是突然拉開她病床周圍的簾子，把橘子或酸梅遞給她說：「妳吃吃這個。」然後大剌剌地上下打量美咲，又和其他人竊竊私語，不出一個星期，美咲就因為壓力太大引起了胃炎。

哥哥為她轉到單人病房，但美咲暗自想道，又讓哥哥花這麼多錢，我必須趕快出院。

雖然她心裡這麼想，但身體狀況始終沒有改善。

有一天早晨醒來時，她發現右眼的視野好像蒙上了一層霧，她知道自己應該出現了白內障。這是快轉症候群的主要症狀之一，而且她已經很難發出聲音，肌肉力量越來越衰退，雙腿變得像樹枝一樣細。

她遵照神谷的指示努力復健。雖然她不想讓別人看到自己目前的樣子，但如果再不復健，很快也就無法走路，所以她咬著牙做肌力訓練。每天聽著復健師「加油！再走幾步！」之類的鼓勵，和一群老人一起做步行訓練。她覺得很丟臉，也很沒出息……但只能努力戰勝這種想法，咬著牙告訴自己「我要靠自己的雙腳走路」，忍著疼痛持續訓練。

「——以後就用拐杖吧。」

但是，有一天還是拿到了折疊式拐杖。之前的復健徒勞無功，雙腿已經無法支撐自己的身體。

拿到拐杖的那一夜，她難過地哭了一整晚。

我確實變老了，明天比今天衰老，後天比明天更加衰老。

即使這樣，美咲仍然努力激勵自己振作，「我絕對要戰勝疾病。」

疾病的根源在於心。一旦退縮，就會被疾病吞噬。沒問題，我還沒有老到那種程度，外表應該也不至於太醜陋……

她緊緊握著晴人送給她的剪刀包，每晚都這麼告訴自己。

「有明小姐，吃飯了。」

護理師石橋郁美開朗地說著，端著餐點走了進來，把托盤放在她的桌上說：「要全部吃完喔。」為什麼醫院的餐點看起來都這麼難吃？即使餐點當前，也完全不覺得餓。

「我肚子不餓。」美咲嘟囔著，把積在胸口的氣吐了出來。

「不行，妳要好好吃飯。」

「就不能做得好吃一點嗎？」

「的確，我們醫院的餐點難吃很有名。」

「妳是護理師，說這種話沒問題嗎？」

「不可以告訴醫生喔。」

郁美把食指放在嘴前。看到她的笑容，心情就會平靜下來。她和美咲同年，今年也二十四歲，所以在所有護理師中，和她最聊得來，也可以像這樣互開玩笑。在煩悶的住院生活中，和她聊天是心情放鬆的片刻。

「要不要稍微把窗簾拉開？今天的夕陽很美。」

郁美伸手想要拉開窗簾，美咲立刻像慘叫般輕輕叫著：「不要！」

郁美瞪大眼睛，轉頭看著她問：「妳怎麼了？」

「我想要窗簾拉上……」

一旦拉開窗簾，就會從窗戶玻璃中看到自己的樣子。萬一變得很蒼老……一想到這件事，全身就害怕得微微發抖。

「石橋小姐，」她叫著郁美，想要轉移話題。「我想染頭髮。」

「染頭髮？」

「我想把頭髮染黑。」說完，她難為情地用指尖摸著白髮。

「是喔，那我幫妳問一下。」

美咲想把所有會意識到自己變老的一切都趕出視野，不想看到白髮，也不想看到滿是皺紋的手。只要把頭髮染黑，應該可以稍微減輕內心的不安和煩躁。

「美咲？」隨著敲門聲，聽到了綾乃的聲音。一身套裝的綾乃走了進來。她應該下班後直接來這裡，郁美向綾乃點了點頭，走出了病房。綾乃關上門後，對美咲露出微笑問：「燒退了嗎？」

「已經好多了。」

「太好了。啊，這是妳要我帶的東西。」

綾乃遞給她一副白手套。戴上手套之後，就不會看到手上的皺紋了。美咲道了謝，把手套戴在雙手上之後，覺得心頭的黑色斑點似乎消失了一些。

「還有這個。」綾乃把許許多多營養補充劑都放在桌上。美咲請她幫忙把之前上網訂購的這些商品從家裡帶來，胎盤素、多酚、類胡蘿蔔素，她試了各種據說具有抑制老化效果的營養補充劑，結果幾乎花光了以前當美髮師時所存的錢，但她很希望能夠稍微延緩老化。

「但我覺得沒必要勉強吃這麼多營養補充劑。」綾乃坐在圓椅上，淡淡地笑著說。

美咲聽到這句話，立刻瞪著雙眼問：

「什麼意思？」

「對不起。」綾乃似乎意識到自己的失言，搖晃著一頭黑髮向她道歉。「我不是這個意思，但說這種話實在太沒大腦了……」

我知道，我當然知道綾乃擔心我浪費錢，但還是忍不住覺得那句話在挖苦自己，聽起來好像在說，反正即使吃再多，也無法抑制老化。我也知道是這樣。只不過這句話從和昨天一樣漂亮的綾乃嘴裡說出來，就會忍不住火冒三丈，完全無法克制。

「妳這麼漂亮，也沒有皺紋，當然不會瞭解。」

話一說出口，美咲就感到後悔。自己為了發洩怒氣，說得太過分了。

她瞥了一眼綾乃，發現她露出了悲傷的表情。

自從身體失去自由之後，現在比之前更容易因為一些芝麻小事動怒。每次在電視上看到漂亮的女藝人，在走廊上看到輕鬆超越自己的年輕護理師的背影，內心就會燃起煩躁的怒火。

真希望所有人都不幸，希望所有人都像我一樣一下子變老。她總是忍不住帶著這種想法瞪著她們。然而，每次產生這種念頭，就會覺得自己變成一個膚淺的人，陷入自我厭惡。

——太差勁了……

晴人說得沒錯，我真的變成一個差勁的人。

夜晚的醫院很安靜，只有空氣的聲音在耳邊嗡嗡作響，身處這片寂靜，心情就很平靜。真希望早晨永遠不會來臨，這樣就不會繼續變老。

美咲一次又一次小心翼翼地撫摸著手上的剪刀包，回想著晴人的事。即使告訴自己不要再想他，他的臉龐還是會浮現在眼前。

她用智慧型手機查了晴人任職的事務所網站。

不知道他目前在忙什麼？搞不好還沒有下班。他工作這麼忙，不知道有沒有好好吃飯？頭髮有沒有變得亂蓬蓬？他是不是去其他髮廊剪頭髮？想到這裡，就忍不住有點嫉妒。真希望可以為他多剪幾次頭髮，自己還有很多希望可以和他一起做的事。

美咲拿出裝在剪刀包裡的剪刀。以前從來不曾在意剪刀的重量，現在卻覺得手上的剪刀沉甸甸。

她把手指伸進剪刀，靜靜地閉上眼睛。眼前浮現了晴人坐在美髮椅上的身影，然後她就像當時那樣動著剪刀。

他是我的第一個客人，當時很不安，不知道會不會因為太緊張而剪壞了。但是晴人在剪完之後說：「清爽多了，該怎麼說，好像變得比較帥了。」這句話讓我很高興，有客人因為我覺得頭髮感到高興，覺得至今為止的努力稍微得到了回報。

但是現在……美咲放下了手。現在連握著剪刀都覺得很沉重，無法像那時候一樣靈活，枉費自己練了這麼久……

剪刀在床頭燈的燈光下發著光，光芒就像是自己以前追求的夢想般刺眼。自己無法再回去當美髮師，也不可能開一家髮廊，想讓別人變漂亮的夢想都再也無法實現。

疾病不僅會讓身體失去自由，也會讓心靈和人生也失去自由。美咲回想著再也回不去的時光，緊緊握著剪刀包。

那天晚上，她覺得鬧鐘的聲音很吵，遲遲無法入睡。

一旦意識到時間在流逝，內心的不安就會讓呼吸變得急促。自己會變老……這個想法會讓內心起伏。美咲拆下鬧鐘的電池，伸手拿拐杖，準備上廁所。

雖然現在走路速度變慢了，但只要稍微有尿意，她就會去上廁所。在自己還能夠行動時，她不打算求助他人，也不願去想使用尿布或是靠他人協助如廁這種事。

走出病房，她拄著拐杖慢慢走在走廊上。每走一步都很辛苦，很快就上氣不接下氣。走了幾公尺，就走不動了，只能抓著扶手進退兩難。肌肉力量衰退，對腰部造成很大負擔，最近深受腰痛的折磨。

為什麼？美咲忍不住咬緊牙關。我的身體為什麼會變成這樣？快走啊……但是兩隻腳就是無法動彈。她越來越著急，硬是逼著自己移動腳步，但兩隻腳打結，整個人跌倒在地上。她狼狽地趴在冰冷的走廊上。真是太丟臉了。但她雙手用力，努力撐起身體。

「還是得告訴她，沒辦法染頭髮。」

旁邊的特殊浴室內傳來說話聲。聲音聽起來很熟悉。是郁美的聲音。她正在和別人說話，八成是她的同事。

「我知道妳難以啟齒，但不行就是不行，必須明確告訴她。」

「有明小姐好像很在意她的白髮。」

「她很希望一直保持年輕。」

「那當然啊，她才二十四歲？換成是我，絕對無法忍受年紀輕輕，就變成像老太婆一樣。」

老太婆……美咲覺得好像全身都被電到了，莫名的怒火湧上心頭，全身的汗毛都豎了起來。

原來大家都覺得我是老太婆……

美咲趴在地上，用力握著拳頭。

太不甘心了……雖然她和我同年，但我們生活在不同的時間。她未來幾十年仍然可以保持年輕，穿喜歡的衣服，吃喜歡的食物，做喜歡的工作，但是我……我呢！

「啊，已經這麼晚了，差不多該回去了。」

美咲聽到了郁美和她同事的腳步聲。

別過來……拜託，至少現在不要……她在心裡大喊，但是——

「妳還好嗎！？」

郁美從特殊浴室走出來後，慌忙跑到她身邊，雙眼看著她的褲子。褲子濕了。因為來不及上廁所，所以不小心尿出來了。

郁美溫柔地把手放在她肩上，請她不必放在心上，說了聲：「我去拿輪椅，妳等一下」，就立刻跑開了。美咲覺得無地自容，低下了頭。太丟臉了……美咲用力詛咒自己。

郁美協助她躺回病床後，為她換了長褲和內褲。

竟然讓可恨的對象看到了自己狼狽的樣子。

太糗了……

郁美拿著弄髒的內褲，微笑地對她說：「妳好好休息。」郁美的笑容就像一把剪刀，剪碎了美咲的心。

「可以請妳幫我把窗簾拉開嗎？」美咲看著天花板小聲說道。

「啊？但已經是晚上了──」

「沒關係。」

郁美露出訝異的表情，但還是按照她的吩咐拉開了窗簾。病房內只剩下她一個人時，她操作遙控器，把病床稍微豎了起來，然後看著窗玻璃中的自己。

她看到了面目全非的自己。整張臉就像木乃伊一樣完全失去水分，眼窩凹陷，雙眼無神，滿是皺紋的皮膚就像樹皮，好像隨時會剝落。窗玻璃中的自己不像是人，更像是乾瘦的老鼠之類醜陋的動物。

「原來是真的……」

美咲無力地笑了起來。

即使別人說自己是老太婆，也只能認了……

我到底在幹嘛？讓別人看到我這麼醜的樣子，還出了糗，到底為什麼還繼續活著？

美咲靜靜地閉上眼睛。

她已經累了……

她摸著放在腹部的剪刀包，回想起晴人那天說話的聲音。

──妳很可愛。

晴人曾經這麼稱讚自己。在看到自己素顏，看到自己穿浴衣時，他曾經說：「妳很可愛。」因為之前從來沒有人對自己說過這種話，所以實在太高興了，希望他多說幾句，希望他一次又一次說這句話。但是──

一行淚水從她的眼角滑落。

他不會再說了……

如果他看到自己這麼醜的樣子，一定不會再說自己可愛……

*

綾乃在任職的化妝品公司辦公桌前深深嘆氣，然後拿起桌上的試用品，想起了已經變得像老太婆一樣的美咲。

如果自己也得了像美咲一樣的疾病……

當從貴司口中得知美咲的疾病時，原本以為他在開玩笑。因為之前完全沒有想到，這個世界上竟然有這種會比正常人老化速度快幾十倍的疾病。和貴司交往六年，雖然他有很多缺點，但並不會說謊，所以立刻就相信他說的是實話，只不過無法立刻想像這種疾病有多痛苦，直到親眼目睹美咲迅速老化的樣子……

——妳這麼漂亮，也沒有皺紋，當然不會瞭解。

滿臉皺紋的美咲對自己說的這句話，至今仍然在心頭迴響。自己即將邁入三十大關，每次照鏡子，都深深體會到皮膚的彈性和十幾歲時大不相同。

但是，在美咲眼中，覺得現在的我仍然年輕漂亮……

從事這份工作，經常聽到女人希望自己保持年輕的心聲。對女人來說，保持年輕美麗可說是一種本能，尤其希望在心愛的人面前永遠都年輕漂亮，這才是女人心。但是，美咲才二十四歲，就已經無法做到這一點。她生命時鐘的時針轉動得比別人快好幾十倍，她必須每天面對這樣的恐懼。同樣身為女人，深刻瞭解到這是多麼大的痛苦。不，自己只是自以為瞭解，但其實完全不瞭解。以驚人的速度老去，簡直比一片一片剝下指甲更加痛苦。

無法告訴自己心愛的人實情，只能獨自承受老去的痛苦。美咲很想繼續和男友在一起，希望能夠一直相愛，但如今即使被男友怨恨，也不想讓男友看到自己老去的樣子……

美咲漸漸失去了生命的動力，就連躺在床上的樣子，也像是倒地腐爛的樹木，面對她怔怔看著天花板的空洞雙眼，真的不知道該對她說什麼。

貴司也很疲憊，眼睜睜看著唯一的妹妹走向衰老的身影，痛苦的程度超乎了原本的想像。在店裡做生意時，他總是故作堅強，但只剩下一個人時，他度過了一個又一個不眠之夜。他每天看許多陌生的醫學書，試圖尋找可以拯救美咲的方法。即使綾乃勸他多休息，他也完全聽不進去。因為他深刻感受到美咲剩下的時間已經不多了。他去參加了『早老症病患之友會』，也接觸了各種醫療機構，四處奔波，尋找可以救妹妹的方法，但每次都失望地敗興而歸。綾乃看到男友這樣，也感到很痛苦。

某個星期六的晌午，她帶了親手做的午餐來到有明屋，發現貴司昏倒在地上。她拿出手機想要叫救護車，貴司醒了過來，對她說：「我沒事。」然後無力地站了起來，打開水龍頭喝了水。他瘦了許多，胸膛變得很單薄，原本精悍的臉也變得蒼白憔悴。他看起來也像病人。

「你不要太勉強了，今天不如就休息吧？」

「妳不必擔心，只是有點貧血而已。」

他之前誤信不肖之徒的民間療法，積蓄幾乎都被騙光了，所以無法輕易休息。雖然可以領取醫療保險，但目前美咲住的單人病房的費用不低，貴司要同時兼顧工作和照顧妹妹似乎已經到了極限。

「這個拿去用。」綾乃從皮包裡拿出存摺和印章，「裡面有三百萬左右，你拿去用在美咲的醫療費上。」

「我怎麼可以拿妳的錢。」貴司把存摺塞還給她。

「美咲下個星期不是要出院了嗎？要張羅護理床，而且如果你又昏倒，美咲會覺得是她連累了你。」

她搖晃著無力地坐在椅子上的貴司肩膀。

「所以，你不必客氣，拿去用，好不好？」

「但不是妳為了婚禮所存的錢嗎？」

結婚是綾乃的夢想之一，她至今仍然夢想著可以和貴司結婚，但目前還有比這個夢想更重要的事，所以綾乃把存摺塞到貴司的手上。

「我也想為美咲做一點事。」

她露出溫柔的笑容。

美咲終於出院了。貴司必須在家等護理床送上門，同時打算做點好吃的，所以由綾乃去醫院接她出院。

綾乃在開車時，聽著汽車音響播放著瓊妮・蜜雪兒（Joni Mitchell）的〈Little Green〉，回想起剛認識美咲時的往事。

初識美咲時，她才十八歲。

綾乃對她的第一印象就是『像小貓一樣可愛的女生』。當時讀高中的美咲很怕生，她們相處了相當一段時間之後才成為好朋友。一旦成為朋友，就像小貓一樣黏人。綾乃是獨生女，覺得「如果我有妹妹，應該就是這種感覺」。

美咲曾經和她討論升學的事。雖然她想成為美髮師，但不忍心讓哥哥繼續負擔學費，所以遲遲無法把想讀專科學校這件事說出口。綾乃不經意地向貴司提起美咲的想法，遲鈍的貴司立刻說：「搞什麼嘛，幹嘛不早說！」欣然答應援助美咲繼續升學。

美咲通過美髮師的國家考試時，綾乃送她一把剪刀作為賀禮。美咲愁著眉頭，一臉歉意地問：「一定很貴吧？」綾乃笑著回答：「妳在說什麼啊，別忘了我是高薪族，對我來說很便宜啦。」其實那時候她剛出社會不久，對她來說的確有點貴，但還是很高興能夠為美咲終於踏上美髮師這條路表達祝賀。

美咲看著新剪刀，眼中噙著淚水，但覺得在貴司面前流淚很丟臉，所以拚命搓著手忍住眼淚。綾乃覺得她的樣子很可愛。

美咲開始在髮廊工作後，只要遇到煩惱，就會找綾乃商量，曾經因為每天挨店長的罵，哭喪著臉說：「我可能沒有美髮方面的才華……」

於是，綾乃讓美咲為自己剪頭髮。

「但我從來沒有剪過真人的頭髮……」

美咲膽怯地說，綾乃拍著她的背，笑著說：「反正妳遲早要為客人剪頭髮，所以今天先就在這裡練習一下。」

「嗯……萬一剪壞了，妳要原諒我。」

「不行，不可以剪壞。」

美咲害怕地抱著腿。

「別擔心，妳一定可以剪得很好。」

於是，美咲動作生疏地開始為綾乃剪頭髮，雖然再怎麼吹捧，也不能說成果很理想，但奇怪的是，綾乃覺得美咲很努力剪出來的髮型很可愛。

「很好啊！」綾乃稱讚道，美咲害羞地笑了起來。「是嗎？」綾乃看著她的臉，忍不住想，希望有朝一日，她可以實現自己的夢想……開一家自己的髮廊，讓許許多多人都變得更漂亮。在這一天到來之前，要盡力支持她。

但是，美咲終究無法實現夢想，這場病奪走了她的一切。

前方遇到了紅燈，綾乃踩下剎車，用力按著眼角，努力把淚水壓回去。

結算完住院的費用後，她走去美咲的病房。

已經換好便服的美咲孤伶伶地低頭坐在輪椅上，手上拿著男友送她的剪刀包，就像護身符一樣緊緊抱在胸前。之前染的頭髮已經變白了，因為臼齒掉落的關係，她的臉頰顯得很憔悴，看起來好像骷髏。

「今天是出院的好日子。」綾乃語氣開朗地說，把床頭櫃中的物品塞進行李袋。

「有這麼高興嗎？」

「啊？」

「天氣好就可以這麼高興，真羨慕妳這麼無憂無慮。」

面對美咲咄咄逼人的冷嘲熱諷，綾乃只能一笑置之。最近已經習慣美咲這樣說話，她為自己的容貌感到痛心，情不自禁說出這種話。美咲並沒有錯，而是疾病造成的，一切都是疾病的錯。綾乃這麼告訴自己。

走出病房後，去向神谷和護理師道別，推著美咲的輪椅走向電梯。美咲自始至終摸著自己的頭髮，可能覺得讓別人看到她滿頭白髮很丟臉。

早知道應該為她帶一頂帽子……

綾乃讓美咲坐在汽車副駕駛座上後，就把車子開了出去。離開醫院不一會兒，在新宿車站附近遇到了紅燈。美咲怕車外來往的行人看到她，整個人縮了起來。綾乃看了於心不忍，硬是擠出笑容說：

「貴司做了很多妳愛吃的菜在家裡等妳。」

「我不想吃。」

「那吃一口，好不好？大家一起吃嘛。」

美咲因為生病的關係，聲音完全變了樣，變得很沙啞，再也無法聽到她像以前叫「綾乃」的活潑聲音了。

「綾乃……」

聽到她沙啞的聲音叫自己的名字，綾乃不由得感到心痛。

「我想先去一個地方。」

「要去哪裡？便利商店嗎？」

美咲搖了搖頭，然後費力地舉起手機，把螢幕轉向她。

「這裡……」

綾乃把車子停在住宅區的角落，打開了雙黃燈。

「停這裡可以嗎？」

美咲不發一語地點了點頭，看著擋風玻璃前方。

丁字路口對面有一棟三層樓的紅磚大樓，門口掛著『澤井恭介攝影事務所』的招牌。

那是晴人工作的事務所。

美咲握緊了手上的櫻花色剪刀包，目不轉睛地看著大樓的出口。她在等待他的出現。

美咲帶著祈禱的心情把剪刀包握在胸前。她的身影令綾乃的心顫抖。

不知道已經等了多久。也許他今天去其他地方攝影，也許他今天休假，但美咲仍然繼續等待，繼續等待至今仍然深愛的他。

綾乃完全瞭解她的心情，所以不發一語地坐在駕駛座上，和美咲注視著相同的方向。不一會兒，一大片烏雲逼近，遮住了太陽，天色暗了下來。綾乃稍微打開窗戶，聞到了淡淡的雨水味道。

綾乃祈禱在他出現之前不要下雨。

她希望美咲可以看到舊情人，一旦下雨，擋風玻璃變得模糊，就無法看到了，所以她希望暫時不要下雨……

美咲探出身體，順著她的視線望去，看到一個年輕人的身影。是晴人。他穿著牛仔夾克，揹著一個大相機包走了過來。美咲目不轉睛地看著他。她應該很想馬上下車，衝到他的身邊，想和他說話。但是她做不到，因為她已經完全變了樣。無論再怎麼想見他，都沒有勇氣讓他看到自己面目全非，已經變成老太婆的樣子……

美咲緊緊抱著剪刀包。

「……謝謝，我們走吧。」

綾乃不知道該不該把車子開走，但看到美咲低下頭，她默默踩下了油門。她希望讓美咲更近距離看他幾眼，所以雖然不順路，但還是在丁字路口向右轉，駛過晴人的身旁。美咲的手放在車窗玻璃上，注視著晴人的側臉，當他的身影消失後，美咲靜靜地低下了頭。

駛上國道後，遇到紅燈停了下來。綾乃轉頭一看，發現美咲用力搓著手，就像多年前送她剪刀的那天一樣。

她想哭……綾乃立刻看透了她的心思。但是她拚命克制，不讓淚水流下來。

前方的號誌燈變成綠色後，綾乃在國道左轉，駛入一條小路，然後把車子停在沒有人的路旁。

「這裡幾乎不會有人走過。」

所以，妳可以盡情地哭……綾乃在內心小聲對美咲說。

美咲一聽到綾乃話，肩膀立刻微微顫抖起來。

「嗚……嗚……」

淚水從她凹陷的眼中滑落，滴濕了她拿在手上的櫻花色剪刀包。不一會兒，她的淚水變成了痛哭。美咲抱著剪刀包哭泣，她聲音沙啞地嚎啕大哭，似乎在憐惜再也回不去的那段時光，思念著難以忘懷的情人，淚如雨下地放聲大哭。

天空滴落的水淋濕了擋風玻璃，隔絕了美咲哭泣的臉。

美咲滿是皺紋的臉擠成了一團，不停地哭泣。

那天晚上，為美咲簡單慶祝了順利出院。貴司做了很多美咲愛吃的菜，放滿了整張桌子，而且居酒屋也難得休假一天。

美咲聽著貴司說一些沒營養的話，吃了幾口哥哥做的炒飯。她的牙齒掉了，無法吃很多，但還是笑著說：「真好吃。」「是喔。」貴司聽了，笑得整張臉都皺了起來。

吃完飯，綾乃和貴司一起把美咲抬回房間。妹妹終於回到自己的房間了，貴司顯得格外高興。

「這張床哪裡來的？」

美咲戴著白手套的手摸著護理床。

「哪裡來的？當然是買的啊。」

「……會不會很貴？」

「妳別說這種無聊的話，不必擔心，是別人便宜賣給我的。」

美咲吐了一口氣，似乎終於放心了。

貴司坐在床邊，和美咲聊著天。看到兄妹兩人難得享受團聚的時光，綾乃也忍不住瞇起了眼睛。

「那我差不多該回去了。」

綾乃收拾餐桌，去美咲的房間向他們打招呼時，美咲叫住了她。

「綾乃，我有話要對妳說。」

看到美咲嚴肅的表情，綾乃知道一定有什麼重要的事，於是向貴司使了一個眼色，讓他先離開。然後在美咲身旁坐下來問：「妳要對我說什麼？」

「就是啊，」美咲難以啟齒地移開視線，「綾乃……」

「嗯？」

「……我希望妳以後別再來了。」

綾乃聽了，說不出話，「為什麼？」

「我在生病之後，一直很羨慕妳，對一直能夠保持年輕漂亮的妳羨慕得不得了……」

「美咲……」

「我相信之後也會這麼想。如果妳出現在我眼前，我會比現在更加嫉妒妳，我相信有一天……我會真的討厭妳……所以……」

美咲紅了眼眶。綾乃覺得心好像被人用力揪緊般疼痛，眼淚也快流下來了，但她仍然露出了笑容。

「妳討厭我也沒關係，所以之後──」

美咲搖了搖頭。

「我不想討厭妳……」

美咲說完這句話，肩膀微微顫抖。

「因為我……一直把妳當成自己的姊姊……我不想討厭妳……」

「我不會在意，妳可以討厭我，我沒關係。所以，美咲……拜託妳……不要叫我別再來這裡……」

「綾乃，謝謝妳為我做的一切。」

「妳不要這樣……」

「哥哥以後就拜託妳了，你們要很幸福。即使我不在了，妳也要和哥哥當一家人。」

「別這樣，妳別說這種話。」

「我覺得──」美咲露出微笑，「我很慶幸遇到妳……」

看到美咲的笑容，綾乃的淚水湧上心頭。

我瞭解美咲的心情。同樣身為女人，卻能夠維持比她年輕，我非常瞭解她會對我產生嫉妒的想法。正因為這樣，所以更加痛苦。只要我出現，就會傷害美咲，但就這樣突然道別……我實在難以接受……

綾乃緊緊抱著美咲。

「妳可以和我約定一件事嗎？」

「約定？」

「我們改天再見。」

綾乃的手臂和身體可以感受到美咲在顫抖。

「我們一定要再見面……」

「嗯……」

「絕對？」

「嗯。」

綾乃更用力、用力抱著美咲。

「一言為定。」

「嗯，一言為定。」美咲嘿嘿笑了起來。

綾乃鬆開了美咲的身體，注視著她的臉。看著目前滿是皺紋的臉，回想她以前的樣子。她情不自禁地想起第一次遇到美咲時，還是少女的樣子……

綾乃揚起嘴角笑了起來。

「美咲，改天見。」

美咲微笑著點頭說：「改天見。」

來到走廊上時，淚水就奪眶而出。綾乃捂著嘴，蹲在地上，無聲地哭了起來。

綾乃的腦海中回想起和美咲之間的回憶，回想起她在棒球場上加油的身影，回想起自己接受求婚時，美咲對自己說「恭喜」時的笑容。綾乃記憶中都是美咲年輕的容貌。

她擦了擦眼淚站了起來，然後抿起嘴唇，下定了決心。

改天再見面，一定要再見面……

綾乃這麼想著，邁開了步伐。

＊

進入十二月後，氣溫陡然下降。

美咲注視著手中的剪刀包，回想起那天看到的晴人。隔了這段時間，能夠再次看到他，真的很高興，但同時也覺得自己再也無法站在晴人的左側了。即使再怎麼想他，也無法回到當初了。

時間無法回到過去……

美咲把剪刀包輕輕放進床邊的垃圾桶。

她倒在護理床上，痛苦地翻了身，背對著剪刀包。最近褥瘡很嚴重，無法入睡。每次疼痛的時候就很想死。

但是，我還活著。雖然全身疼痛，手腳都持續變細，看起來像老太婆，但自己帶著這麼醜陋的外表繼續活著。雖然給哥哥帶來很多麻煩，傷害了綾乃，但仍然活著。

為什麼還活著？黯然的心情讓心頭長出了許多黑斑。

但是，一切很快就會結束。給別人添麻煩的日子，傷害他人的日子，以及飛速流逝的時間，將在不久的將來結束。

她從稍微拉開的窗簾縫隙中仰望藍天，貴司端著午餐走了進來。今天吃蛋花烏龍麵。哥哥做的蛋花烏龍麵特別好吃，如果有牙齒，就可以細細品嚐。

貴司用湯匙裝了烏龍麵，吹冷之後，慢慢送進她嘴裡。

「這樣真的好像在照顧老人。」

「妳在說什麼啊，小傻瓜。」

貴司苦笑著，用力摸著美咲的頭。

美咲吃了兩三口，就對哥哥說：「我吃飽了。」哥哥一臉擔心地問：「不吃了嗎？」

「嗯，沒有食慾。」

「是喔……，如果肚子餓了要告訴我，我會為妳做很多好吃的食物。」

「謝謝。」

貴司端著碗站了起來……看到垃圾桶後停了下來。

「妳、這個……」

說完，他撿起了剪刀包。

「幫我丟掉。」

「但是——」

「丟掉吧，」美咲笑著說，「因為已經不需要了。」

貴司沉默片刻，小聲地說：「好吧。」然後拿著碗和剪刀包走出了房間。

丟掉剪刀包後，美咲覺得身體一下子變得輕盈。晴人送的禮物把我留在這個世界，我已經別無所求，只要靜靜等待身體完成使命。

夜幕降臨後，豎耳細聽居酒屋的喧鬧聲成為美咲唯一的樂趣。

今天也聽到了老主顧天南地北地閒聊。

「美咲最近還好嗎？」那是大熊哥的聲音。

「很好啊，她和男朋友同居，過得很開心。」

哥哥不太會說謊，美咲很擔心那些老主顧會起疑心。

「同居喔，我不會同意同居這種事。」「貴司，你怎麼會同意？」「好！那現在就把那個攝影小子叫來罵一頓！」

美咲聽著他們的閒聊，覺得很懷念，忍不住呵呵笑了起來。

對我們兄妹來說，這家店是寶物，充滿了許許多多的回憶。和爸爸、媽媽一起生活的回憶；還有哥哥繼承這家店，努力養育我長大的回憶；當我二十歲，終於可以喝酒時，老主顧紛紛說：「那我請妳喝酒！」在我的杯子裡倒了很多啤酒和日本酒的回憶；以及我生日的時候，大家五音不全地為我唱生日快樂歌的回憶。

好開心啊……美咲看著天花板，回想著這一切。

她突然轉頭巡視著房間，回憶起那個夏日的回憶。

那一天，晴人得知我感冒後立刻趕來這裡。看到他滿頭大汗，手上拿了很多感冒藥，一臉擔心的樣子，我非常高興。然後他說想看我的素顏，看了之後又稱讚我「很可愛」，但因為太害羞，所以我拒絕他為我拍照。現在回想起來有點後悔，早知道應該讓他為我拍一張照。這樣他也許可以把我年輕時候的樣子記得更久一點。不過，分手之後，應該馬上就會把照片丟掉……

「——美咲。」

她聽到窗外有人叫她。那是晴人低沉而清澈的聲音。美咲大吃一驚，用無力的手撐起身體，然後打開床邊的窗戶，向窗外張望。但晴人並不在那裡，是自己產生了幻聽。美咲感受著寒冷的風，自嘲地笑了起來。

那天他在離開前，在樓下抬頭看著我說。

——等妳好了，我們一起去看煙火。

他露出溫柔的笑容，對我說這句話。

「等我好了——」

美咲閉上了嘴。

不要再想了……事到如今，再怎麼許願都來不及了。

隔天特別寒冷，電視的氣象預報說，冬天正式來臨。沉重的烏雲籠罩了窗外的天空。天氣一冷，全身就會疼痛。再加上褥瘡的痛苦，煩躁就像針一樣刺進全身。自己的身體竟然變成這樣，真是討厭死了……

美咲注視著發出橘光的電暖器想著。

「美咲，」貴司打開了紙拉門，「身體會不會痛？」

「有一點。」

「哪裡痛？」

「兩條腿很痛。」

哥哥溫柔地撫摸著她的身體，用一雙大手溫暖了她已經變細的雙腿。

「聽說今天可能會下雪。」

「我討厭冬天。」美咲嘆著氣說，「真希望春天趕快來臨。」

「我想起以前我們和老爸、老媽一起去賞櫻。」

「結果爸爸喝了很多酒，被媽媽罵了一頓。」

「的確有這麼一回事。」貴司大聲笑了起來。

貴司停下撫摸美咲雙腿的手說：「是不是很冷？那把這個戴起來。」說完，他從長褲後面的口袋裡拿出一頂針織帽。那是一頂櫻花色的針織帽。

「這個哪裡來的？」

「我去採買時剛好看到。」

哥哥八成在說謊，他不可能買這麼可愛的針織帽。一定是綾乃買的。出院那天，她發現我拚命想要遮住白髮。綾乃的直覺果然很敏銳。

她再度為之前傷害了綾乃產生了罪惡感。回想起她臨走時難過的表情，內心的傷口綻開，疼痛不已。

我說了很多惹人討厭的話傷害了她……

「妳戴起來看看。」

貴司說完，為她戴上了針織帽。美咲看向床邊的窗戶玻璃，看到滿是皺紋的臉上有一頂可愛的櫻花色針織帽。

「會不會很奇怪？」

「戴在妳頭上很好看啊。」

「會嗎？」

「嗯，真的很好看……，簡直就像——」

貴司紅著雙眼，露出了微笑。

「簡直就像櫻花。」

像櫻花嗎？美咲用指尖摸著針織帽。

晴人以前說過，他不怎麼喜歡櫻花。櫻花雖然漂亮，但很快就凋零，所以看到櫻花就會很感傷。雖然當時還笑他，但現在我也有同感。

櫻花……

美咲的眼中噙著淚水。

「我超討厭櫻花……」

大滴的淚水從她的眼中滴落，針織帽微微顫抖著，宛如在風中搖曳的櫻花。

「……因為櫻花一下子就凋零了……」

因為櫻花只能美麗一瞬間，一旦凋零，就變得很醜，而且誰都不會看凋零的櫻花一眼。

所以我討厭櫻花。

就像我一樣……超討厭……

貴司溫柔地撫摸著流淚的美咲。

「不，我相信櫻花也不想凋零。」

美咲抬起頭。

「櫻花一定希望自己可以更長時間綻放。」

然後，哥哥瞇起眼睛對她笑著說：

「所以櫻花才會那麼美……」

美咲看著哥哥含淚的雙眼，放鬆了滿是皺紋的嘴唇輕輕笑了起來。

沒錯，櫻花也不想凋零……

櫻花也希望可以一直美麗……

我也希望自己可以像櫻花一樣綻放，希望可以一直、一直停留在那段時光。

希望可以停留在和晴人在一起的那段時光。

雖然現在這麼想已經為時太晚，但還是忍不住這麼想。

情不自禁地這麼想……

晶瑩的白色雪花從灰濛濛的天空中飄落。這是今年的第一場雪。打在窗戶上就立刻消失的白色結晶彷彿象徵了美咲的生命。但雪持續飄落，不發一語，靜靜地將東京黯然的街道變成一片白色。

第四章　冬

聖誕節將近，整個城市都籠罩在一片浮躁的氣氛中。

電視播放了聖誕燈飾的點燈儀式，到處都播放著聖誕歌曲，街上的行人似乎個個都期待著即將到來的快樂節日，喜氣洋洋地和貴司擦身而過。

他去超市採買，聽到了瑪麗亞．凱莉的〈你是我最想要的聖誕禮物〉。

連這種地方都被聖誕節滲透了……他忍不住笑了起來。

他把食材、衛生紙等必要的物品放進購物籃，看到甜點賣場有模擬雪人的蛋糕。帶一個回去給美咲。他小心翼翼地放進購物籃，以免壓壞了。

今年的冬天比往年更冷，即使已經把羽絨衣的拉鍊拉到最上面，寒意仍然帶著惡意，無情地奪走體溫。不知道美咲會不會覺得冷？雖然在床邊多放了一條毛毯，但不知道她有沒有蓋。貴司快步趕回家中。

美咲的身體越來越虛弱，不知道是否因為免疫力衰退的關係，只要天氣稍微變化，她就很容易發燒。貴司對她日益衰弱感到不安，去和神谷討論了她的身體狀況。

「雖然這麼說很不忍心，但我認為美咲小姐應該無法迎接春天了……」

貴司知道早晚會有這一天，但親耳聽到醫生這麼說，還是感受到天旋地轉般的絕望。美咲快死了……難以形容的不安和焦急像冷風般悄悄逼近，凍結了他的心。

美咲也感受到自己身體一天比一天衰弱。褥瘡導致身體疼痛，獨立行動也變得越來越困難，但她不再像以前那樣顯得焦慮和煩躁，最近甚至露出了心灰意冷的眼神。她一定知道期待自己的身體恢復也是白費力氣，她的表情似乎像在等待死亡，好像在說：「我想趕快解脫」，所以每次看她的臉就感到心痛。

但貴司總是努力表現得開朗，他告訴自己，不能洩氣，我要鼓勵她，所以在美咲面前總是保持笑容。

一回到有明屋，他來不及休息，就去了美咲的房間。

「我進去囉。」他打了聲招呼，聽到房間內傳來幾乎聽不到的沙啞聲音應了一聲「嗯」。

美咲把護理床豎了起來，怔怔地看著半空。只剩下皮包骨的身體很嬌小，已經完全變成了老太婆。不認識美咲的人看到她目前的樣子，一定不會想到她是二十四歲的女生。美咲目前的樣子像木乃伊，連貴司也忍不住想要皺眉，但仍然拚命擠出笑容。

「今天外面很冷！是今年入冬以來的最低氣溫，聽說明天會更冷，真是受不了。妳會不會冷？要不要再幫妳蓋一條毛毯？」

美咲靜靜地搖頭，她似乎懶得開口。

「對了！我剛才在超市看到了好東西！」

美咲無神的雙眼看了過來。她右眼的白內障惡化，黑眼珠都變得白色混濁。貴司把雪人蛋糕從袋子裡拿出來，掩飾內心的慌亂。

「是不是很可愛？等一下我們一起吃。」

「嗯……」美咲的臉頰稍微放鬆了一些。

看到美咲的笑容很高興。無論她變成了什麼樣子，即使已經變成了老太婆，看到她的笑容，還是開心得不得了。希望她有更多笑容，希望可以帶給她更多笑容。

「妳想要什麼聖誕禮物？」

「禮物？」

「對，任何東西都可以。」

美咲想了一下，用幾乎聽不到的聲音說：「……沒有。」

「別這麼說嘛，至少應該有一個吧？可以要我買東西給妳，也可以說一個想去的地方。不管是什麼要求，妳都儘管說，我會去跟聖誕老人那傢伙說。」

「什麼嘛，」美咲的雙眼露出笑意，「我又不是小孩子。」

「有什麼關係嘛，每年只有一個聖誕節，偶爾向聖誕老人許個願也不算過分。」

「也對。」美咲閉上了眼睛，似乎在思考。「但是不用了，我真的不想要任何東西。」

「是嗎？」

「嗯，謝謝你……」

電暖爐發出的柔和橘光照在美咲身上，她的臉龐很虛弱，好像會融化在這片溫暖的光中。她的白髮變長了，好像頭上那頂櫻花色針織帽吸收了雪花的白色。

「離聖誕節還有一段時間，如果妳想到了再告訴我，不必客氣。」

貴司看著她不發一語的樣子，深刻瞭解到她目前在想什麼。

我知道，妳已經無法得到最想要的東西。因為無論再怎麼希望，那個人也無法再回到妳身邊。

美咲至今仍然很想見晴人。

但自己變成了這樣，所以只能放棄，告訴自己無法再見面了。

貴司來到走廊上時，想起了神谷說的話。

——我認為美咲小姐應該無法迎接春天了……

他感到痛不欲生，用力咬著嘴唇。

我真的無法再為她做任何事了嗎？

＊

小時候以為聖誕節是一年一度，任何願望都可以實現的日子。

至今仍然清楚記得，當早晨醒來時，看到床邊的禮物，就會從床上跳起來說：「聖誕老公公實現了我的願望！」

但是，隨著年齡的增長，這種天真也像初春的雪一樣融化、消失，聖誕節變成了和情人共度的俗氣節日。自己不再像小時候那樣在聖誕夜許願，以後應該也不會了。在想這些事時，突然想起了她，想起了一直刻意不去想的美咲。

不知道美咲今天對著聖誕節的這片天空許下了什麼心願？

下午的工作告一段落後，澤井請他幫忙寄一個急件，於是他走去郵局。雖然應該和聖誕節無關，但今天郵局人特別多。他抽了號碼牌，坐在長椅上等了一會兒，終於輪到了他，他去櫃檯寄完小包裹之後走出郵局。風冷得發凍，天空中有一大片像羽毛被般的厚雲，感覺快下雪了。

晴人聳著肩膀，把雙手伸進駝色海軍大衣口袋裡，沿著兩旁商店林立的和緩坡道走回事務所。吐出的氣都是白色，每次呼吸，鼻子深處就很痛。真討厭冬天……他仰望灰色的天空嘆著氣。

回到事務所，同事告訴他：「有人來找你。」

至今為止，從來不曾有人來公司找過自己。到底是誰？他納悶地走去事務所角落的會客區……驚訝得肩膀忍不住發抖。

「美咲的哥哥……」

貴司手足無措地坐在椅子上。

貴司明顯變瘦了，以前的壯碩精悍不見了，好像棄貓般無力地縮著身體。他瘦得太不自然，晴人覺得好像看到了鬼魂。

晴人面對和之前判若兩人的貴司說不出話，貴司一臉歉意地說：「不好意思，突然來找你。」他臉上的笑容有點病態，有一種出了大事的感覺。晴人忍不住吞著口水。

「話說回來，攝影師的事務所太時尚了，真的讓人手足無措。」

「你怎麼會來這裡？」

晴人有點莫名其妙，貴司拿出一張皺巴巴的名片。那是之前在美咲家撞見貴司時遞給他的名片。他似乎沒有丟掉，一直保留著。

「請問今天有……」

「我有事要和你談。」

「有事？」

貴司正想開口，但看了一眼周圍，把話吞了下去。

「要不要換一個地方？」

他的眼中發出好像藍色火焰般的光芒。

事務所附近就是代代木大山公園，小孩子在玩沙坑和鞦韆，他們在旁邊的長椅上坐了下來。

晴人得知美咲的疾病後說不出話。寒冷的北風吹進了海軍大衣，全身都快凍僵了，但他完全不覺得冷。

美咲生病了？快轉症候群？老化的速度比別人快幾十倍？

他的腦袋裡好像吹起了沙塵暴，無法專心思考。

「她已經不是你認識的以前那個美咲了，現在變成了老太婆……」

貴司滿臉痛苦，懊惱地咬著牙齒。

美咲……那個美咲……變成了那樣？

難以相信，也不願意相信。

「雖然很想救她，但這種疾病沒有方法可以治療……」

貴司嘴唇顫抖著，吐出了無處宣洩的憤怒。晴人看著他的側臉，深刻瞭解到這一切都是事實。這不是謊言或是編出來的故事，而是美咲真的生病了，而且變得很蒼老，即將不久於人世。想到這裡，他不知道該怎麼辦，身體忍不住發抖。他喘不過氣，好像忘了呼吸的方法，心臟也好像擠壓在一起疼痛不已。

「從什麼時候開始？」晴人用顫抖的聲音問，「她從什麼時候開始生病？」

「春天的時候開始出現症狀。」

「美咲什麼時候知道的？」

「夏天。」

晴人的雙手捂住了臉。

「她不希望你知道她生病的事，她不希望你……至少不希望你看到她變老、變醜的樣子……」

晴人的腦海中閃過美咲的身影。

他想起夏天時，美咲在湘南海邊露出悲傷表情的臉。

所以妳那時候……

「但是，美咲——」

聽到貴司的聲音，他抬起了頭。

「美咲至今仍然想見你……」

「即使看起來像年邁的老太婆，她仍然希望能夠見到你。」

晴人紅了眼眶。

美咲當時說了謊，她說了痛苦的謊。

我卻——

「我已經無法再為她做任何事，既無法阻止她的老化，也無法讓她接受像樣的治療。」

貴司垂下了頭。

「晴人，拜託你救救美咲，現在只有你可以——」

晴人茫然地走在夜晚的街頭，漫無目的徘徊在大街上。

他完全不覺得放眼望去的燈飾漂亮，聖誕節的夜晚街頭到處都是情侶，每一對情侶都幸福地牽著手，摟著肩走在街上。他就像在這片幸福的海浪中漂浮，街上的喧鬧，不知道哪裡傳來的聖誕歌曲都像是遙遠世界所發生的事。

我沒有發現美咲陷入了痛苦……

那天去海邊時，也許她想告訴我真相，但我完全不瞭解，竟然還向她求婚。不知道她當時心裡在想什麼，不知道她帶著怎樣的心情聽我說那些話。想到美咲內心的痛苦，晴人的淚水湧上心頭。那次她突然來家裡，也是要來向我告別。之後為了隱瞞病情，故意說交了新男友。

夏天的時候，她獨自面對迅速老去的恐懼。

然而，我卻……我卻……

——太差勁了……

她聽到我這麼罵她，一定很難過，但我竟然對因為無法說出真相而痛苦的妳說了那麼過分的話。

「我才差勁……」

在聖誕燈飾閃耀的大街上，在人潮中，他終於忍不住蹲了下來。他想著被自己傷害的美咲，就像汪洋中的小舟般停在原地。

電話響了，他無力地從口袋裡拿出手機。

『喂，朝倉？』他按下通話鍵後，聽到了真琴的聲音。『你今天好像不太對勁，沒事吧？』

晴人無法回答，他不知道該怎麼回答。

『喂？你身體不舒服嗎？』

「我……」

『你目前人在哪裡？』

晴人用力閉上眼睛。

貴司的聲音在街頭的聖誕歌聲中迴響。

——美咲至今仍然想見你……

『朝倉？』

「……我要去……」

『啊？』

「她在等我。」

晴人站了起來。

「美咲在等我……」

晴人奔跑起來。他超越來往的行人，在聖誕燈飾點綴的街頭狂奔。他的呼吸急促，喘不過氣，但他仍然沒有停下腳步。他不顧一切，好像在掙扎般不停奔跑。他在奔跑的時候想著美咲的事，想著和美咲共度的日子，想著自己無情地傷害了她，想著她獨自面對迅速老去的恐懼。他無法不想這一切。

來到了久違的有明屋，玻璃門上貼的那張寫了『臨時休假』的紙在風中飄動。聽說美咲這幾天的身體很差，所以居酒屋一直沒有營業。

他衝上旁邊的樓梯，按了門鈴，不一會兒，貴司探出頭。

「晴人……」

「請讓我見見美咲。」

晴人上氣不接下氣地鞠躬拜託，貴司說了聲：「你等一下。」然後走回屋內。

晴人搓著顫抖的手指，讓手指稍微暖和起來。今天特別冷。汗水退了之後，身上好像包了一層冰似地越來越冷。

不一會兒，貴司走了回來，但滿臉遺憾地搖了搖頭說：

「她說不想見你。」

「那至少讓我和她說說話。」

貴司遲疑著，晴人抓住他的手臂說：

「拜託了，就在她房間門外也沒有關係，我絕對不會進去，所以——」

貴司想了一下後說「好吧」，然後讓他進了屋。

室內和夏天的時候沒有任何不同，只是有一種寂寞灰暗的感覺。晴人想起夏天的時候，想起了美咲戴著口罩，有點緊張地帶他去自己房間，想起自己對她說，等她的病好了，要一起去看煙火時，她臉上興奮的笑容。但是，當時的笑容已經——

他在房間前停下腳步，聽到後門關起的聲音。貴司似乎刻意迴避了。晴人深呼吸了一下，慢慢對正在房間內的她訴說起來。

「美咲⋯⋯」

沒有回答，但他可以感受到紙拉門內的動靜。

「妳生病的事，我聽妳哥哥說了。」

他想像著紙拉門內的她，想像著她獨自坐在那裡的樣子，想像著獨自和疾病奮戰的情人的樣子。

「……對不起，我完全沒有發現……」

想到美咲所承受的痛苦，他說不下去，聲音也發抖。

「妳應該很痛苦……應該很害怕……但我竟然完全沒有察覺妳內心的想法……」

我至今仍然無法相信，妳竟然得了比普通人老化速度快幾十倍的疾病。因為妳在我心目中，仍然是那時候的樣子，和我一樣，仍然是二十四歲。所以，這種事……我根本無法相信……

「但是，無論妳變成什麼樣子——」

淚水奪眶而出。

「我都喜歡妳……」

他的手指撫摸著紙拉門，好像在撫摸美咲。

「……我都深愛著妳……」

雖然有很多話想要訴說，但一旦開了口，就想不到要說什麼。他無法原諒自己如此無力，既無法鼓勵美咲，也無法為她帶來勇氣，也無法原諒軟弱的自己，當初竟然不相信美咲。

晴人用海軍大衣的袖子擦著眼淚，對著紙拉門小聲地說：「對不起，我改天再來。」說完就走向後門。他穿好鞋子走到門外，發現貴司靠在欄杆上，怔怔地看著夜晚的黑暗天空。晴人微微向他鞠躬，他笑著說「謝謝你」。晴人搖了搖頭說「我改天再來」，然後走下了樓梯。

回家的路上，他仰望的天空中飄下了雪花，宛如那天和美咲一起看到的櫻花花瓣。他走在雪中，忍不住這麼想。

美咲的哥哥說，希望自己可以救救美咲，但自己能做什麼？他強烈希望自己有能力可以拯救美咲。

吐出的氣變成了白色的風，混入夜晚的黑暗中消失了。晴人伸出手，想要觸摸飄落的雪花，但雪花立刻在手掌上融化了，只剩下空蕩蕩的黑夜永無止境地持續。

＊

一旦關了燈，就不會在窗玻璃上看到自己的身影。

美咲在充滿寂靜和黑暗的房間內注視著窗外的雪。她豎起耳朵，彷彿可以聽到雪的聲音。

敲門聲後，貴司打開了紙拉門。走廊上的燈光灑進了室內的黑暗空間，美咲在窗玻璃上看到了自己醜陋的樣子，忍不住轉過頭。

「對不起。」貴司趕緊關上門，小聲道歉著。

「我把妳生病的事告訴了晴人，雖然妳叫我別說，但我沒有遵守和妳的約定。」

雪下得比剛才更大，點綴著聖誕夜晚。美咲轉頭看著窗外。

「那時候，我聽到晴人聲音的時候很害怕，想到他知道了我生病的事，就害怕得不得了。」

美咲的指尖輕輕摸著窗玻璃。

「但是，我很高興……」

她的臉上露出了淡淡的笑容。

「聽到他的聲音，聽到他說仍然喜歡我，我很高興……我竟然有這種想法……」

在靜靜飄落的雪中，聽到了晴人的聲音。

——我深愛著妳……

想到他說的這句話，她無法克制自己雙眼再度發熱。他出現的時候，還以為一切是在做夢。因為這是她一直默默祈求的事，她一直希望可以再見到晴人，但以為再也見不到他了，以為那天坐在車上時，是最後一次看到他。但是，沒想到又再次見到了他，再次聽到了他的聲音，聽到他再次呼喚自己的名字。她覺得一道微光照進了原本已經放棄一切的內心。

「是我拜託的。」

「……啊？」

「我拜託聖誕老人那傢伙，叫他趕快把禮物送上門。結果聖誕老人那傢伙就慌忙把他帶來了。」

貴司說完，露出像白雪一樣的牙齒笑了起來。

美咲露出了笑容，那是久違的、發自內心的笑容。

她看著窗外的雪，小聲地說：

「幸好今天是聖誕節……」

這個聖誕節的夜晚，讓她難得感到內心溫暖。

今天晚上應該可以做一個好夢。

那天之後，晴人幾乎每天上門。他坐在紙拉門前，每天和美咲聊天一個小時。這一天，他告訴美咲，他租屋處的暖氣壞了，所以每天都冷得發抖。但是，美咲無論如何都無法打開紙拉門，只是躺在護理床上閉著眼睛聽他說話。當他笑的時候，想像他的笑容；當他抱怨前輩時，就想像他嘟著嘴的可愛樣子。每次內心就像夏天的太陽般熾熱，內心有一種難以形容的幸福感覺。無論是身體疼痛的日子，還是身體不舒服的日子，或是發燒無法起床的日子，晴人的聲音都溫柔地撫慰了美咲的心靈。

除夕的夜晚他也來了。

「今天是今年的最後一天。」晴人在紙拉門外說。

是啊……美咲在心裡回答。

「妳還記得嗎？妳還記得把我耳垂剪下來的那一天嗎？」

嗯，我當然記得。

「那時候我不知道耳垂被剪下來了，看到妳臉色發白，才終於發現，然後一看鏡子，才發現耳朵全都是血，真的快哭出來了。」

是你不該突然轉頭。

「雖然很痛，而且我也嚇壞了，但現在回想起來，很慶幸那時候被妳剪掉耳垂。」

為什麼？

「因為這個緣故，我才能和妳約會。」

雖然我覺得這樣不太公平。

「我在約會時，為之前說的謊向妳道歉，妳那時候超生氣。因為我沒想到妳會那麼生氣，所以嚇了一大跳。」

當然生氣啊，說謊真是太過分了。

「夏天的時候，我們一起去看煙火，和妳走散的時候，我心想這下真的慘了。」

我當時覺得你這個人真是太可惡了。

「我們經常在下班後相約吃飯、看電影，一起去散步，也去了海邊。」

真的很開心……美咲回想起一個又一個記憶，充滿懷念地瞇起了眼睛。

「美咲——」

美咲看向紙拉門。

「我們相處的時間雖然很短暫，但和妳在一起的時間全都是幸福的時光。」

我也一樣……

「所以，明年——」

他沉默了片刻。

美咲目不轉睛地看著紙拉門。

「……明年……」

晴人的聲音帶著哭腔。

「我們要去更多、更多地方。」

美咲感受到他的心意，內心痛苦不已。

「春天的時候，我們再一起去賞櫻，去四谷賞櫻。雖然那裡有很多賞花客，環境很吵鬧，但下次我們也可以喝酒鬧一下。雖然我不太擅長這種事，但和妳在一起，我覺得應該有辦法做到。夏天的時候，我們一起去參加廟會，還要去海邊。露營也不錯，我們可以一起燒火做飯。秋天去看紅葉，冬天的時候，就去溫暖的地方旅行。……就像這樣……就像這樣，我們明年也要一起創造很多很多回憶……」

原來他知道我剩下的時間不多了，雖然知道，仍然對我說，想要和我在一起。

美咲從床上坐了起來，扶著衣櫃站了起來，然後拿起豎在一旁的拐杖走向他。雙腿發麻，因為褥瘡受傷的皮膚疼痛不已，但她仍然一步一步，慢慢走過去，然後伸手輕輕觸碰了紙拉門。

晴人就在這道薄薄的紙拉門外。

我想見他……我想親眼看到他的臉。

美咲的手用力……但很快停了下來。

晴人看到我的樣子會怎麼想？他一定會覺得我很醜。他很善良，所以應該不會說出口，但萬一看到他臉頰抽搐呢？萬一他拒絕我……一想到這裡，她就害怕得無法動彈。

美咲放下了手。雖然晴人近在咫尺，卻離他很遙遠，她無論如何都沒有勇氣打開紙拉門。

過了一會兒，晴人說了聲：「那我走了，明年見」，然後就離開了。

她為自己沒有打開紙拉門感到懊惱，但又覺得自己做對了。她的心情在這兩種想法之間搖擺。

不一會兒，遠處傳來了除夕的鐘聲。今年變成了過去，時間再度快步從美咲的身旁走過。新的一年來了，那將是對她而言的最後一年……

新年剛過，美咲就因為胸口劇烈疼痛被送進了醫院。

救護車把她送到慶明大學醫院，等候已久的神谷和護理人員為她做了緊急治療，所幸沒有大礙，但必須住院觀察。

神谷說，是狹心症引起了胸痛。

「雖然這次並沒有太嚴重，但今後還是有可能會發生像今天這樣的情況。」

從他的表情，可以瞭解到病情已經非常嚴重。

這次住院後，美咲的身體比之前更加虛弱，老化也更加嚴重，全身都是皺紋，胸部垂了下來，腰腿像腐爛的樹枝般脆弱。

俗話說，自己最瞭解自己的身體，美咲深刻體會到，自己的生命之火快熄滅了。

如果是不久之前，一定會希望生命之火早日熄滅，但現在不一樣，她希望不要這麼快熄滅，希望還可以活稍微久一點，因為只要活著，就可以看到晴人。

不知道晴人今天會不會來？如果他按門鈴，家裡沒有人，他可能會感到不安。必須請哥哥轉告他，我沒事，我會很快好起來，很快就出院回家……

我想回家。這種想法與日俱增。

在住院一段時間後，美咲對來查房的神谷說：

「我要出院。」

但是，神谷認為現在還不能出院，他一臉嚴肅的表情說，之後會有引發各種併發症的危險，所以要繼續住院。即使聽了神谷的話，美咲想要回家的想法仍然沒有改變，她認為這種想法比自己的生命更重要。

「哥哥，沒問題吧？」

「但是……」坐在椅子上的貴司結巴起來，但看到美咲充滿祈求的眼睛，他點了點頭說：「好吧。」

「醫生，對不起，我們無論如何都必須出院。」

「無論如何都必須出院？」

美咲看著天花板輕輕笑了起來。

「我相信晴人今天也會來看我……所以無論如何都想回家。」

沒有時間了。自己能夠迎接明天的日子不多了，但我有理由想要迎接明天，我想聽到晴人的聲音，想聽他說更多話。所以我要回家，回到晴人的身邊。

＊

晴人得知美咲住院後，立刻感到難以形容的焦急。她的身體極度衰弱，快撐不下去了。雖然晴人提出想去醫院探視，但遭到了拒絕。她似乎還是不希望自己看到她衰老的樣子。

和貴司通完話，晴人把手機放回桌上，為了平靜不安的心情，他打開了窗戶。雖然已經過了新年，寒風仍然刺得臉頰發麻。他倚靠在陽台的欄杆上，欄杆很冰，手掌有點痛。對面的公園內，光禿禿的染井吉野櫻在寒風中顫抖。

最後一次見到美咲時，她拍下了那個公園的風景。她那天就像小孩子拿到新玩具一樣，雙眼發亮，不知厭倦地拍了一張又一張。

只剩下最後一張時，晴人對她說。

——我們從來沒有拍過合照。

但是，美咲並沒有同意晴人為她拍照，她一定擔心被拍下她開始變老的樣子。

晴人拿出放在抽屜深處的照片。那些風景照有點失焦，想到她拍這些照片時的心情，心就像被鐵鉗用力夾住般疼痛。

當時為什麼沒有發現？

但是——晴人注視著照片想，一定還有我可以為美咲做的事。

他拿起尼康F3，黑色的機身反射著室內的燈光發著光，他想起父親之前對他說的話。

他到東京的前一天晚上，父親說：「我有話要對你說」，把他叫去了客廳。晴人猜想八成是反對他去東京，但還是嘆著氣坐了下來。

「有什麼話？」他問。父親不乾不脆地「嗯」了一聲，吃著醃酸菜。等了很久，父親仍然沒有開口，他終於忍不住說：「既然沒事，就不要叫我」，然後起身準備回自己的房間。

這時，父親把這台尼康F3放在桌上。晴人一臉驚訝，父親小聲地說：「這個送你。」那是父親一直很珍惜的相機。

「我不懂攝影，但是晴人——」

父親直視著他的臉說：

「希望有一天，你的照片可以為別人帶來幸福。」

於是，晴人從父親手上接過了這台相機。

他回想著父親的話，低頭看著手上的尼康F3。

自己還沒有拍出父親說的那種照片，甚至不知道自己想拍什麼照片。自己根本沒有才華，沒有自信可以拍出為別人帶來幸福的照片。

但是……他緊緊握著尼康F3。

我希望可以用我的照片，帶給美咲幸福……

如果沒有美咲，我早就放棄了攝影。當我脆弱失意、整天找藉口時，她在我背後推了一把，讓我踏出了邁向攝影的第一步。我想要完成和她之間的約定。

隔天，晴人打電話給高梨，說「我有事想和你商量」，約高梨在他家附近的車站見面。

晴人坐在小田急線經堂車站附近的咖啡店，喝著熱騰騰的黑咖啡，緩和內心的緊張，身穿卡其色軍用大衣的高梨向他「嗨！」地打了一聲招呼，對著手吹著氣走進來。他在新年後又把頭理光了，形狀漂亮的腦袋在冬天的寒冷中發抖。

高梨把大衣隨手搭在椅背上，一屁股在晴人對面坐了下來，然後冷冷地對店員說：

「冰皇家奶茶。」

「喝冰皇家奶茶，你不覺得冷嗎？」

「很冷啊，那又怎麼樣？你有意見嗎？」

「不，沒有……」

「難得的假日，為什麼還要看你這張臉。你找我到底有什麼事？」

「其實——」他覺得難以啟齒，用指尖搓著杯子的握把，高梨不耐煩地咂著嘴說：

「有話快說，豬頭。」

「高梨先生，你下個月要辦攝影展，對嗎？」

之前喝酒時，澤井曾經提過，高梨將在二月舉辦攝影展。

「是啊，和美術大學的同學，怎麼樣？你想來參觀嗎？」

「不是……」他鼓起勇氣抬起頭。

「請讓我也參加你們的攝影展。」

高梨瞪大了眼睛，「你在說什麼鬼話。」

「拜託你了，請讓我也一起參展，只要幾張就好。當然，我也會付藝廊的場租費用，所以——」

「開什麼玩笑，」高梨銳利的雙眼好像槍口一樣對準了晴人，「為什麼要讓你這種嘍囉一起參展？」

「我知道這個要求很強人所難，但我無論如何都想展示自己的作品。」

「王八蛋，別鬧了，不要為這種無聊的事找我！」高梨咂著嘴站了起來，店員剛好拿著冰皇家奶茶走了過來，他對店員說：「這個幫我取消」，然後拿起大衣走了出去——

「拜託了！」

晴人大喊的聲音響徹整家店，高梨停下了腳步。

「請你讓我一起參展。」

高梨看到晴人探出身體的樣子，訝異地皺著眉頭說：「你幹嘛這麼激動？你這麼想辦攝影展，自己去辦就好了啊。」晴人聽了這句話，懊惱地握著拳頭，低下了頭。

「高梨先生，你說得沒錯，我在攝影方面真的是初學者，技術也很差，完全沒辦法和你，還有真琴姊相提並論，我知道自己根本沒資格參加攝影展，但是——」

晴人用力注視著高梨。

「但我非要現在參加攝影展不可！所以拜託你！請你給我一個機會！」

「店員，還是把剛才那杯冰皇家奶茶拿來吧。」

高梨看著他毫不退縮的視線，嘆了一口氣說：

然後他重新在椅子上坐了下來，把臉湊到晴人面前說：

「這次一起舉辦攝影展的是我美術大學時代的同學，其中一人去年獲得木村伊兵衛獎，另一個人參加了東洋軟片舉辦的『風景照百人展』，兩個人都是如日中天的年輕攝影家，老實說，你根本望塵莫及。他們不可能讓你這種外行加入，而且如果你要參展，我們可以展出的空間就會減少。」

晴人不願放棄，正想要開口時，高梨制止了他，「你先別說話，等一下，你拿來再說。」

「啊？」

「你把可以讓我們認為有資格參展的照片拿來，攝影展在二月的第一個週六和週日舉行，之前還要做一些準備工作，所以如果你可以在一個星期後拿來，我可以考慮一下，也會和另外兩個人溝通。怎麼樣？」

「好，」晴人咬著嘴唇，用力點了點頭。「我一定帶去。」

高梨咂著嘴說：「飲料錢你付。」他板著臉把冰皇家奶茶喝完後，走了出去。

高梨用訊息通知晴人，攝影展的主題是『二十一世紀的時間和空間』。

看到這個主題後，晴人決定了想要拍攝的照片。不，其實他一開始就已經決定了想要拍的照片。

在休假的晴朗午後，晴人帶著攝影機來到攝影地點。他巡視周圍，讓心情平靜下來。他絕對不輕易按下快門。

他從取景器中觀察，想起了澤井對他說的話。

——你想在照片中融入什麼願望嗎？

我的願望……那只有一個。

晴人靜靜地按下了快門。

一個星期後——他帶著完成的作品，前往之前和高梨見面的咖啡店。

他因為太緊張，從早上就沒有食慾，滿腦子都是負面的想像。他的雙腳沉重，抱著作品的手從剛才就一直顫抖。他用力甩了甩頭，想把恐懼趕出腦海。不要退縮，美咲在和疾病奮鬥，所以我也要奮鬥。

和高梨一起參展的另外兩名攝影家也在咖啡店，他們和高梨不同，長相很溫和，但不時露出的銳利眼神令人感受到他們的才氣。

簡單打了一下招呼後，晴人遞上幾張照片。他們默默無言地注視著晴人的作品，就連平時整天大吼小叫的高梨，今天也很少說話。別人當面看自己作品的緊張幾乎撕裂了晴人的心，他內心充滿了和之前給澤井看照片時明顯不同的感情。他們即將做出判斷。晴人用咖啡把恐懼吞進胃的深處。

不一會兒，三個人把照片放在桌上——

按了後門的門鈴後，貴司打開了門。

「她在房間。」貴司向他揚了揚下巴，示意他進屋。

「美咲今天的身體還好嗎？」

「她今天的狀況很不錯，但這一陣子一直在發燒。」

貴司的臉蒙上了一層陰霾，像是在訴說美咲的身體狀況並不理想。

晴人脫下鞋子進了屋，像往常一樣在美咲房門前停了下來，然後呼喚著她的名字。房間內有動靜，那就是美咲的回答。

「我下個月要參加攝影展。」

房間內沒有任何聲音。即使這樣也無妨。晴人這麼想著，繼續說了下去。

「我們幾個人借了一家小型藝廊舉辦攝影展，展示自己的作品，我可以展示身為攝影師最初拍攝的作品。」

美咲……

我能夠為妳做的事很少。

我不是醫生，所以無法治好妳的病。

我沒有超能力，所以無法讓妳返老還童。

我是一個無力，什麼都做不到的懦弱男人。

但是，即使這樣，我仍然希望。

即使我無法為妳做任何事，至少可以讓妳的心——

「我希望妳來參觀。」

然後，他祈禱般地閉上眼睛，對著紙拉門內的情人訴說衷腸。

「我希望妳來看……我拍攝的照片……」

——至少可以感動妳的心。

我希望自己拍的照片，可以感動妳的心。

這就是我的願望……

＊

一月的最後一週，晴人帶來了攝影展的簡介。美咲躺在護理床上，目不轉睛地看著簡介。

——我希望妳來參觀。

美咲把簡介小心翼翼地抱在胸前，然後在內心深處強烈地覺得——

我想去看晴人的照片……這應該是最後的機會，所以我想看一眼他的照片。只要能夠看到他的照片，就沒有任何遺憾了。但是——

她深情地撫摸著簡介上印的『朝倉晴人』這幾個字。

但是，晴人，對不起……我雖然很想去，但還是去不了。我已經沒有勇氣見你了。我無法忍受讓你看到我又老又醜的樣子。

「妳打算去看晴人的攝影展嗎？」

貴司問，她靜靜地搖了搖頭，然後把簡介放回了床頭櫃。

進入二月後，連續好幾天都是晴朗的日子。風很平靜，陽光很舒服，溫暖的天氣簡直就像春天搶先來報到。

二月的第一個星期六，美咲在窗簾緊閉的昏暗房間內心神不寧地低著頭。今天是攝影展的第一天，她一次又一次看向簡介，又假裝不在意地移開視線。一看手機的螢幕，已經下午兩點多了。攝影展到六點為止，只剩下四個小時。會場就在幡之谷車站附近的藝廊，從這裡過去應該不需要一個小時。

不去沒關係嗎？內心的另一個自己問。美咲搖了搖頭，鑽進被子。自己沒有勇氣。無論如何都沒有走出家門，走在街上的勇氣，也沒有去會場見晴人的勇氣。

下午六點時，美咲嘆了一口氣。明天應該也會像這樣煩惱，但她還是沒有踏出那一步的勇氣。

隔天，貴司午餐為她煮了粥。因為她的牙齒幾乎掉光了，所以無法吃堅硬的食物。哥哥餵她吃粥，她努力吃了幾口，但食之無味。因為她的心早就不在這裡。

「今天是最後一天。」貴司小聲嘀咕，但美咲什麼話都沒說，假裝沒有聽見，默默地繼續吃粥。

「妳不去嗎？」

美咲閉著嘴。

「如果妳想去，就應該去，否則妳一定會後悔。」

我當然知道……只是很害怕，很害怕晴人看到我現在的樣子，害怕他看到我時，臉上尷尬的表情。光是想像一下，就害怕得難以忍受……

「我吃飽了……」美咲轉過頭，把被子拉到鼻尖。只要睡一覺，等醒來時，攝影展就結束了。這樣就可以放棄了——

「……妳去啊。」

貴司在她背後說。

「美咲，妳去吧，怎麼樣？」

但是，美咲背對著貴司，不發一語。

「晴人不是希望妳去看他拍的照片嗎？如果妳不去，他一定很難過，妳也一定會後悔，所以妳還是去吧。」

「我不去。」美咲搖了搖頭。

沒關係，這樣就足夠了。能夠再聽到晴人的聲音，就已經足夠了；知道他很努力拍照片，就足夠了——

「……妳不要這樣放棄。」

哥哥痛苦地小聲說道。

「我不想再看到妳這樣放棄……」

哥哥的聲音微微發抖。

「美咲，妳在生病之後，放棄了很多東西。妳放棄了美髮師的工作，放棄了將來的夢想，放棄了結婚、建立幸福的家庭。我知道妳很痛苦，也很不甘心。我相信妳一定不止一次問自己，這種事為什麼會發生在自己身上……」

這番話像針一樣刺痛了美咲的心。美咲閉上眼睛，咬著嘴唇。

貴司在床邊坐了下來，溫柔地撫摸著美咲的頭。

「美咲，妳很努力……到目前為止，妳真的很努力……所以，妳不要放棄最重要的事。」

美咲像小孩子一樣縮在被子裡顫抖。一行熱淚順著鼻梁滑了下來，濕了枕頭。

「美咲，妳去吧。」

「但是……我不能讓晴人看到我現在的樣子，他一定會笑我……」

如果他看到我目前的樣子覺得很可怕，感到很失望……這麼一想，就感到很害怕。

「不必擔心，」哥哥用開朗的聲音說，「如果他敢笑妳，我就去狠狠揍他一頓，所以妳不必擔心，去吧。」

美咲轉過頭，發現哥哥笑著向她點頭。

「沒關係，晴人一定不會笑妳。」

美咲的內心點燃了火苗，火苗越來越大，成為她想要採取行動的動力，想要見到晴人的渴望震撼了她的全身。她想起晴人的聲音，想起他略微低沉而清澈的聲音，想起他說自己「可愛」的聲音，想起他的笑容，想起他眯起眼睛，臉皺成一團的笑容，也想起了晴人的溫暖。

我想要再次體會……想要再次體會他的溫柔。

美咲用幾乎已經無力的手臂拚命撐起身體。像樹枝一樣乾瘦的手臂發著抖，她感受到自己的重量，但她仍然用盡全身的力氣坐起來。哥哥伸手想要扶她，但她搖頭拒絕。她想靠自己的力量站起來，想靠自己的雙腳去見他。

美咲拿出鏡子。她好久沒看自己的臉，牙齒掉落之後，臉比之前更凹了，已經完全看不到生病前的影子。

我變得這麼醜……

她用力抿著嘴唇，不讓自己哭出來，然後打開很久沒有用的化妝包。

她知道化妝也無法改變目前的容貌，但既然要去見晴人，就要打扮得漂亮一點，哪怕只有一點點也好……

美咲帶著這樣的心願開始化妝。她擦了粉底，用眉筆畫了變淡的眉毛，擦口紅前猶豫了一下，最後擦了淡櫻花色的口紅，在為每一個部位化妝時，都充滿了真心誠意。

以前在髮廊工作時，曾經為客人化妝。有些客人準備去約會，有些客人準備向心儀的對象告白，她為很多人化了妝。她回想起為了讓每個人實現自己的心願而努力的日子，希望那些客人都變漂亮，那些客人都真心希望自己亮麗變身，讓心愛的人喜歡自己。

美咲在面對鏡子化妝時，回想起逝去的日子。

好像稍微變漂亮了一些……

她看著化完妝的臉想道。

然後，她戴上了櫻花色的針織帽遮住一頭白髮。

「要不要我陪妳去那附近？」

「不，我自己去。」

「但是——」

「我想自己去。」

「好，如果有什麼狀況，記得馬上聯絡我。」

「不必這麼緊張，」美咲面帶微笑說，「那我出門了。」

搭計程車前往藝廊時，美咲的心情都很激動。想到即將可以見到晴人，想到晴人也會看到自己，緊張得全身就像被繩子綁住了一樣。美咲用力握緊戴著白手套的手，然後像之前一樣唸著咒語。

……沒問題，一定沒問題。

她在會場附近下了計程車，走在晌午的商店街。不知道路上的行人怎麼看自己，會不會覺得我很可怕？還是只覺得看到一個老太婆？應該沒有人會猜到我才二十四歲……

美咲拄著拐杖，一步一步慢慢走在街上。幸好這天的身體狀況不錯，沒有發燒，身體也很輕盈。雖然無法走得很快，但腳步比平時輕快。

她終於上氣不接下氣地抵達了藝廊。來到門口時看到了『二十一世紀的時間和空間』的牌子，在參展攝影師的欄目中發現『朝倉晴人』的名字時，心臟用力跳了起來。美咲深呼吸後，鼓起勇氣推開了門。

這個藝廊並不大，用隔板隔了參觀路線，可以依序參觀每一位攝影師的作品。

美咲四處張望，尋找晴人的身影，但沒看到他。這件事讓她稍微鬆了一口氣，然後在櫃檯填寫姓名後付了錢，沿著路線看著陳列的照片。

看完前三位攝影師的作品後，來到了展示晴人作品的空間。她握著拐杖的手也不由得更加用力，然後緩緩走了過去。

牆上掛著黑白照片。

那是看起來很平淡無奇的風景照。

但是，美咲一看到那些照片，淚水奪眶而出。

那些熟悉的風景，都是曾經和晴人一起欣賞的景色。

第一次約會時造訪的四谷那片櫻花樹，一起去吃飯的那家新宿餐廳，還有美咲工作的Penny Lane髮廊的照片。夏天一起去的隅田川，抬頭看到煙火的大樓之間，以及晴人求婚的由比濱。雖然和當時的季節不同，但都是和晴人一起看過的風景。

——以後可以給妳看我拍的照片嗎？

內心深處響起了晴人的聲音。

——我之後會努力學習，精進自己的技術，所以，如果以後可以拍出很有自信的作品，到時候希望可以給妳看。

幸好我遵守了約定……

幸好我鼓起勇氣來這裡。

幸好能夠看到晴人的照片，真是太好了。

——我會努力！我會相信妳這句話，再次在攝影這條路上努力！

他完成了當時的約定，為我努力拍照。

他這麼重視我，我太幸福了……

作品的最後寫了標題。

美咲看到那幾個字，露出了喜悅的笑容。

『不變的事物』

美咲一直都在害怕改變，害怕自己以比別人快幾十倍的速度老化這件事，看到自己每天變化的樣子，痛苦得不得了，也因此說了很多傷人的話，傷害了親朋好友，她厭惡這樣的自己。

但是——

美咲擦拭了眼淚。

這個世界上也有不變的事物……

和晴人一起看過的風景，那些回憶，以後也不會改變。正如晴人說的照片就像剪刀一樣把回憶剪下來，這些照片中有當時的我和晴人。想到這件事，她就無比高興。

美咲走向接待櫃檯問：「請問朝倉晴人先生在嗎？」櫃檯的女生告訴她：「他去接朋友了。」

一定是去接我。

……我想見他。

美咲邁開無力的雙腿，急忙離開了會場。

＊

晴人來到美咲家。

按了門鈴後，貴司開了門。

原來美咲去了攝影展。一定在路上錯過了。

晴人興奮地往回跑。

美咲來看我的照片。想到這件事，就不由得感到高興。

也許可以見到她……

興奮化為一股動力，他上氣不接下氣地跑了起來。

他衝破了寒冬的空氣，在街上奔跑。

不一會兒，天空靜靜地飄下了雪花。

＊

因為很久之前就刪了他的電話號碼，所以無法打電話給他。

天空開始飄雪，美咲在雪中尋找晴人的身影。她拖著不太自由的身體邊走邊看。腰部感到陣陣劇痛，雙腳也麻木，幾乎走不動了，但美咲仍然拚命向前走。

……要繼續走，拜託了。即使以後再也無法走路也沒關係，即使從此動彈不得也沒關係，但現在、只有現在，一定要繼續走。

但是，她的雙腳打結，跌倒在地。一個路過的年輕女生問她：「妳沒事吧？」然後把她扶了起來。美咲向那個女生道謝後，再度拄著拐杖向前走。但兩隻腳都麻木，不聽使喚。美咲仍然拖著雙腳，拚命往前走。吐出的氣都是白色，身體冰冷，但她仍然在街上尋找晴人的身影。

如果現在見不到他，一定會帶著後悔死去。我才不要這樣。我不想再放棄，我要在最後再一次和晴人見面，我要和他見面，訴說此刻的心情……

她喘著粗氣走進公園。假日在公園玩的小孩子看到下雪，都興奮地歡呼著。她走在公園內，尋找晴人的身影，但是他不在這裡，美咲遍尋不著他的身影。

他不可能在這裡……

美咲嘆著氣，轉身準備離開時，停下了腳步。

她聽到心臟噗通噗通的聲音。

晴人就站在公園入口。他四處張望，似乎在找人。

他在找我。

美咲緊張地邁開顫抖的步伐。

和晴人之間的距離慢慢縮短。

他看著美咲。兩個人的眼神交會。

美咲因為興奮和恐懼，雙腳忍不住顫抖。

他也緩緩走了過來。

美咲一步一步邁向他。

她想要像以前那樣呼喚他的名字。

「晴人——」

這時，北風吹走了美咲的針織帽。

櫻花色的針織帽掉在晴人的腳邊，他撿了起來，露出了笑容。

美咲也露出微笑。

晴人把針織帽遞給她。

「給妳。」

美咲臉上的笑容立刻像氣泡般消失了。

「怎麼了？」他訝異地偏著頭。

他沒有發現……

晴人並沒有發現我在他眼前……

因為我變了，因為我變成了這樣，所以他沒有發現是我。

真希望可以對他說：「是我啊」，但一旦說了，晴人他……

美咲忍著淚水閉了嘴。

笑一笑……

這是最後一次。這是最後一次見到晴人。

還能夠像這樣見到他，所以，最後要用笑容——

美咲對著眼前的情人露出了最燦爛的笑容。她忍著即將潰堤的淚水，即使晴人沒有發現是自己，她仍然露出了喜悅的微笑。然後接過晴人遞給她的針織帽，這時，指尖稍微碰到了他的手掌。

美咲回想起和他牽手時的感覺，想起晴人曾經說喜歡她這雙粗糙雙手的聲音。

晴人帶給我很多回憶。

給了我許許多多不想忘記的回憶。

所以，晴人——

「謝謝你……」

美咲用沙啞的聲音對他說。現在的聲音和之前完全不同，變成了沙啞、滄桑的聲音，變成晴人聽不出是美咲的聲音。即使這樣，美咲仍然想要告訴他，想要對他說謝謝。

晴人把針織帽交給她後，向她點了點頭後離去。美咲注視著他的背影慢慢變小，在他的背影消失之前，臉上始終帶著微笑……

回到家裡，貴司問她：「怎麼樣？有沒有見到晴人？」

美咲坐在床上，露出苦笑說：「沒見到。」

「是喔……」

「你不要露出這種表情。」

奇怪的是，美咲並沒有感到難過。她感到心情舒暢，身體很輕盈。

美咲發現自己剛才暗自鬆了一口氣。幸好他沒有發現自己。她這麼一想，就感到鬆了一口氣。我還是希望他記得以前的我，不是現在的樣子，而是和晴人同齡時的我。我希望他記住我和他一起看照片中那些風景時的我，所以這樣比較好……

雖然內心有一點寂寞，但更感到幸福。因為我又一次看到了充滿兩個人回憶的風景，也短暫見到了晴人……

美咲臉上露出了笑容，但淚水也撲簌簌地流了下來。

我一直覺得自己很不幸，和同年代的女生相比，我這麼快就變得蒼老，變得這樣又老又醜，覺得自己很可憐。

但是，即使是這樣……仍然可以自豪地說，曾經和晴人相愛這件事比任何人，一定比任何人更加幸福。那是忍不住想要向全世界炫耀的幸福。

＊

那天晚上，她做了一個夢。

夢中的她還是二十四歲的樣子。她的身體像絨毛一樣輕盈，完全感受不到任何疼痛，肌膚沒有皺紋，頭髮也烏溜溜。手指雖然粗糙，但和以前一樣。

奇蹟發生了……她這麼想著，眼淚流了下來。

美咲輕盈的身體跑向晴人。無論跑多久都不覺得喘，她感受到自己的年輕，內心充滿了喜悅。

晴人一如往常地露出微笑。美咲撲進他的懷裡，他溫柔地撫摸著美咲的頭髮。美咲充滿懷念地感受著他的大手掌，開心地露出微笑。

然後，聽到晴人對她說。

妳真可愛。

他就像以前那樣，再度對她這麼說。

綾乃以前曾經告訴美咲，有人愛自己，是身為女人的幸福。

太開心了……

美咲發自內心地這麼想。

聽到喜歡的人說自己可愛，而且這麼愛自己……

我真的很慶幸自己生為女生……

＊

幾天之後，美咲去世了。

那天早晨，貴司看到躺在床上的美咲，立刻臉色發白。因為她的樣子和平時明顯不同。看了攝影展之後，她的身體越來越虛弱，但從來沒有發生過叫她沒有反應的狀況。貴司慌忙叫了救護車把她送去醫院，雖然神谷努力搶救，但美咲最後還是離開了。

美咲臨終前在病床上昏昏沉沉，在氧氣面罩下不停地夢囈。

「……請問……今天……要怎麼整理……剪頭髮……要燙嗎……一定會……變得很可愛……」

美咲在夢中也在剪頭髮，她一定像以前那樣，對著坐在鏡子前的客人露出微笑。

貴司緊緊握著妹妹的手，然後拚命祈願她可以恢復意識。

當淡淡的橘色夕陽照進來時，美咲的手微微動了一下。貴司慌忙看著她的臉，美咲的嘴巴稍微動了一下。她恢復了意識，似乎想要說什麼。貴司把耳朵湊到她的嘴邊。

「……對……起……」

「什麼？」

「……對不起……」

「對不起什麼？」貴司露出苦笑。

「……我是妹妹……卻比你……更老……變成這樣……變得……比你……更老……」

「妳在說什麼啊，小傻瓜。」

貴司緊緊握著美咲滿是皺紋的手。

「妳不管幾歲，都永遠是我妹妹，以後也一樣。永遠永遠……都是我……可愛的妹妹……」

貴司流著淚，露出了微笑，美咲也開心地露出了淡淡的笑容。

那是他最愛的妹妹的笑容，總是鼓勵他、為他帶來勇氣的笑容。

即使她變了樣，但她的的確確在笑，像花一樣……

但這也成為她最後的笑容。

不久，美咲就陷入了長眠。

沒有舉辦葬禮。因為她一定不希望任何人看到她蒼老的樣子，她甚至叮嚀，暫時不要告訴晴人自己的死訊，所以貴司和綾乃兩個人在火葬場靜靜地為她送行。躺在棺材中的美咲很安詳，好像只要叫她，她就會睜開眼睛。

「美咲……」

但是，無論怎麼叫她，她都不會再醒來。貴司握住了在一旁垂頭難過的綾乃的手，綾乃忍不住嗚咽起來。她希望再和美咲見面的心願沒有完成，內心的懊惱化成淚水流了出來。

火葬的時間到了，貴司把美咲一直珍惜的那個櫻花色剪刀包放進了棺材。雖然美咲之前叫他丟掉，但他實在捨不得丟。因為他知道美咲總是把這個剪刀包像寶貝一樣握在手上。即使病情加劇，老化越來越嚴重，身體疼痛難忍時，美咲總是緊緊抱著這個剪刀包，把它當成寶貝，所以他當然不可能丟掉。

貴司在內心對躺在棺材中的妹妹說。

美咲，希望妳在那裡可以年輕漂亮，希望妳在那裡可以繼續從事美髮師的工作。希望妳可以見到老爸、老媽，希望妳可以像以前一樣，和老媽聊一些無聊的事到深夜，對了，不要和老爸吵架。

如果你們可以在那裡相親相愛地過日子，那就太好了……

我會繼續留在這個世界，我會繼續努力，以免被妳嘲笑，所以妳不必擔心，好好沉睡吧。

隔天，他開始整理美咲的房間。

綾乃提出「可以繼續保留她的房間」，但貴司認為美咲一定希望有一個全新的開始，而且如果不趁現在整理，可能永遠都不會整理，所以他決定徹底整理。他告訴自己，即使清理了美咲的東西，關於她的回憶並不會消失。

整理時，他在架子上找到了相簿。打開一看，看到了美咲小時候的笑容，貴司盤腿坐在地上，也忍不住放鬆了臉上的表情。

「怎麼了？」綾乃也在他旁邊坐了下來。

「她是不是很可愛？」貴司笑著撫摸著照片中的美咲，「小時候，附近那些搗蛋鬼調侃她是『酒館的女兒』，但即使對方是男生，美咲也滿不在乎地回答：『酒館的女兒有什麼問題嗎！？』結果就經常被打，哭著跑回家。我每次都去教訓那些欺負她的小鬼，但如果出手太重，美咲那傢伙竟然說我：『哥哥，你太過分了！』我可是為她出氣！是不是很扯？」

翻著相簿，看到了美咲讀中學時的樣子。

「別看美咲那樣，她功課很好，幸虧她不像我和老爸。她美術的成績特別好，都是五分、五分喔，是不是很厲害？我這輩子從來沒拿過五分，老天爺一定給了她一雙靈巧的手，讓她可以成為美髮師。」

又翻了一頁，看到了她高中入學典禮的照片。下一頁是專科學校時期，然後還有成人式拍的照片。美咲穿著振袖和服，和貴司、綾乃站在一起合影。

「這件振袖和服是租的。」貴司笑著說。

「是啊。」綾乃也跟著笑了起來。

「其實她有喜歡的振袖和服，我說要買給她，她說：『太貴了』，不讓我買，說已經買了浴衣給她，再買振袖和服太奢侈了。」

「美咲總是盡量不給你添麻煩。」

貴司聽了綾乃的話，眼眶再度泛紅。

「根本不是添麻煩……」

淚水一個勁地滑落。

「早知道當初應該買給她……如果振袖和服能夠讓她高興，當初就不要小氣，買給她就好了……，早知道應該買很多她想要的東西給她，帶她去很多她想去的地方，照理說，我應該可以為她做更多……但是……」

貴司感受到綾乃溫暖的手摸著自己的後背。

「沒這回事，你是一個好哥哥，她之前說，因為有你，她才能當上美髮師，才能夠實現夢想。」

淚水不斷滴落在照片上。

「她還說，很慶幸哥哥是我的哥哥。」

這是我該說的話。我這個哥哥很不中用，但妳總是很信任我，所以我才能努力到今天。因為有妳，我才能做到這一切。

貴司笨拙地用襯衫袖子擦拭著滴落在相簿上的淚水。

「美咲，我這個哥哥配不上妳這個妹妹……」

綾乃也哭了，她很用力地吸著鼻涕，貴司忍不住笑了起來。

「幹嘛！」綾乃捏著鼻子，兩人相視而笑。

貴司再度注視著照片中的美咲。

美咲，謝謝妳……

謝謝妳來當我的妹妹。

大致整理完畢後，發現了一封信。

信封上寫著『晴人啟』。那是美咲去看攝影展回來之後寫的信。

貴司看著信封想。

把這封信交給他，是我最後能夠為她做的事……

貴司打開了手機。

＊

知道美咲死訊的瞬間，晴人當場癱坐在地上。整個世界就像是黑白照片般失去了色彩，他不知如何是好，甚至快忘了呼吸。這幾天忙著工作，好不容易今天有空可以去看她……

正在攝影棚內的真琴發現了晴人的異常，跑過來問他：「你沒事吧？」但晴人不記得自己回答了什麼，無論人的聲音還是照明的耀眼燈光，都像是遙遠世界發生的事，他有一種錯覺，好像自己並不在那裡。

他向澤井說明了情況，提早下班後趕去美咲家。

即使聽說了美咲臨終的情況，仍然無法相信她已經死了。但是，看到她的骨灰罈時，才突然面對現實，覺得自己快發瘋了。

「對不起，沒有馬上聯絡你。」貴司向他道歉，「因為她不希望你看到她死的樣子，所以希望你可以諒解她。」

直到最後，都無法見到美咲一面，就這樣和她天人永隔。攝影展的那一天無法見到她。那一天回到會場後，看到櫃檯的登記簿上有美咲的名字，但藝廊內不見她的身影。雖然他原本做好了見不到她的心理準備，但看到她的名字，想見她一面的心情立刻湧現，他忍不住跑出藝廊，找了很久，都不見美咲的身影。

「晴人，這個給你。」

貴司遞給他一封信，上面是美咲的字，寫著『晴人啟』。

「那是她去看了攝影展之後寫的信，你看一下。」

晴人小心翼翼地把信放進了口袋，對貴司說：「我有一個請求，可不可以讓我看看美咲的房間？」

在徵求貴司的同意後，他走去美咲的房間。他把手伸向之前始終緊閉的紙拉門，薄薄的紙拉門一下子就打開了。

一走進房間，夏天的記憶立刻甦醒。那是他第一次踏進這個房間的記憶，那天他買來果凍，美咲開心地笑了起來。她說是因為沒有化妝，所以戴著口罩，然後害羞地把臉埋進膝蓋。那天的身影鮮明地出現在眼前，他感到心如刀割，淚水流了下來。他用力吸著鼻子，聞到美咲的味道，結果令他更加痛苦。

她的房間已經整理過，少了很多她的東西。

當他不經意抬頭時，發現架子上放著美咲的遺物。她在當美髮師時代的日記、化妝包和幾件衣服，還有——

當晴人看到那樣東西時，忍不住瞪大了眼睛。他雙腳發抖，呼吸急促，牙齒也一直顫抖。

這……

他看到一頂櫻花色的針織帽放在那裡。

記憶甦醒。攝影展的那一天。他在公園內和一個老婆婆擦身而過。

晴人拿著針織帽，當場癱在地上。

就是那個老婆婆戴的針織帽……

他渾身顫抖，好像在痙攣。淚水不停地流，淚腺好像壞了一樣。他痛苦地彎下身體，注視著手上緊握的針織帽。

「我……我……」

我沒有發現……

我沒有發現當時和我擦身而過的老婆婆是美咲。

但是，我——

他痛哭失聲，喉嚨好像在灼燒。他詛咒著沒有發現那是美咲的自己，回想起當時老婆婆面帶笑容的樣子，他瘋狂地哭泣。那是摻雜了混亂和絕望，像吶喊般的淚水。

什麼不變的事物。

什麼我的照片可以帶給她幸福。

我直到最後的最後，還在傷害美咲。

美咲就出現在我面前，我卻沒有發現她，然後從她的眼前離去。

「……美咲……對不起……對不起……」

再也無法彌補的罪惡感湧上心頭，晴人一邊哭，一邊泣不成聲地向美咲道歉，持續向已經不在人世的情人道歉。

離開時，貴司送他到店門口。

晴人無法說出自己犯下的大錯。

他向貴司點了點頭，正準備離開，貴司叫住了他。

「你要連同美咲的份得到幸福，我相信這也是她的希望。」

晴人注視著貴司含淚的雙眼，內心痛苦不已。

「晴人，你要多保重……」

他無力地走在回家的路上，天空像那天一樣下起了雪。

晴人的腦海中浮現出美咲變成了老婆婆的身影。

我雖然沒有發現妳，但妳對我說「謝謝」，妳對這樣的我露出了最後的微笑。

但是，我……

我……

他把手伸進了口袋，手指摸到了她的信。上面用無力的字寫著『晴人啟』的那封信。

他的淚水滴在信封上。

「美咲……」

但是，他的聲音被飄落的雪淹沒了。

第五章　新的季節

他在二月底辭去了工作。

他在電話中未徵求澤井的同意就提出辭職，澤井似乎立刻察覺到他是因為女友去世決定辭職，問他：「你還好嗎？」晴人什麼話都答不上來，匆匆掛上了電話。雖然有罪惡感，但他不想再碰攝影的想法更加強烈。他覺得自己沒有資格從事攝影工作。

那天之後，他整天躺在發出酸臭味的房間，持續聽著時間流逝的聲音，然後想著已經不在人世的美咲。

原本希望用我的照片為美咲帶來勇氣，這是我唯一能夠回報她的事。沒想到結果反而傷害了她。至今仍然可以清楚回想起飄雪的公園內的景象，回想起充滿緊張的氣氛，回想起小孩子追著從天空飄落的雪花時歡快的聲音。被風吹走的針織帽。撿起之後交給了老婆婆。然而，我完全沒有想到她就是美咲。雖然得知了她生病的事，但那一刻仍然在尋找記憶中的美咲，還在找二十四歲，依然年輕的美咲。

當時，她看著我遠去的背影時，不知道在想什麼。她一定希望我可以發現她，一定希望我可以回頭。她一定痛恨我。我在夏天時，沒有察覺美咲生了病，在最後和她擦身而過時，甚至沒有發現那就是她……

無論再怎麼道歉，都無法獲得原諒。自己犯下了滔天大罪。

真希望一死了之，但即使幾天不吃不喝也不會死。他感受著死不了的痛苦，同時也憎恨自己的健康。該死的是自己，美咲應該活下來。晴人既沒有去死的勇氣，也沒有活下去的勇氣，在好像深井底般黑暗的房間內靜靜呼吸。

隔天的天氣很暖和，他可以感受到季節正在變化，這讓他感到和美咲共度的時間變得更加遙遠，為此痛苦不已。

飄浮在空中的灰塵在陽光下閃閃發亮。外面的馬路開始做工程，噪音不絕於耳。但晴人仍然躺在床上，什麼事都不做，只是癱在那裡，甚至覺得一旦翻身，就無法墜入地獄。然而等了很久，死神仍然沒有造訪。

傍晚，他感受到極度口渴醒了過來。全身所有的細胞都在渴求水分，像灼燒般的口渴讓他幾乎無法呼吸。大腦持續發出「喝水」的指令，即使想要抗拒，身體也本能地採取了行動，然後發現自己已經打開水龍頭大口喝水。被水嗆到的同時，終於回過了神。於是感受到飢餓。無法忽略的飢餓支配了全身，簡直就像是沙漠上的龍捲風。他看到眼前的架子上有泡麵，立刻伸手拿了下來。

等水燒開的時間讓人焦急，他去上了廁所分散注意力。在洗手台前照鏡子時，發現了一張死人面孔。臉色蒼白，好像行屍走肉，鬍子也沒刮，哭腫的雙眼通紅。

這張臉太可怕了……他用指尖摸著鬍子想道，這時，水壺發出了啪叮的聲音。水煮開了。他把熱水倒進泡麵等三分鐘。當房間內瀰漫著香噴噴的醬油味時，飢餓更加強烈。他終於無法克制，等不到三分鐘就拿起免洗筷大口吃了起來。他難以相信這個世界上有這麼好吃的食物。他不顧一切地把麵扒進嘴裡，湯太燙，燙傷了舌頭，但仍然沒有消除食慾。

但是……他突然停下筷子。

即使這種時候，仍然會感到肚子餓……

美咲都死了，自己卻像傻瓜一樣吃著泡麵，為了活下去，拚命填飽肚子……

想到這裡，他痛苦地流下了眼淚。

——為什麼會肚子餓？

去海邊時，美咲曾經這麼問。當回她「什麼意思？」時，她又接著說。

——我只是在想，人無論在任何狀況下，肚子都會餓。

那時候，美咲正在對抗迅速老去的恐懼。無論怎麼害怕，無論怎麼痛苦，她仍然會覺得飢餓。我完全不瞭解美咲的痛苦，甚至無法想像以比別人快數十倍的速度老化是怎樣的恐懼。但是，我至少知道一件事，人在任何狀況下都會感到飢餓。雖然是很無聊的事，但覺得稍微有一點點瞭解美咲當時的心情。雖然為時太晚了……

晴人流著淚，繼續吃著泡麵。

接下來的兩個星期，晴人只攝取最低限度的水分和食物，其他時間都躺在床上，茫然地看著半空，什麼都不想做，甚至懶得翻身。不久之後，肩膀和腰開始痠痛，骨骼也吃不消，頻繁感到頭痛。也許是因為整天躺在床上的關係，但他仍然沒有動彈。他傾聽自己的身體，似乎可以聽到細胞每天在死亡的聲音，然後每次都覺得自己每個小時都在慢慢變老。今天比昨天老了一點、衰弱了一點，更加靠近死亡。他在緩慢流逝的時間中感受著死亡，以幾十倍速度老去的美咲不知道有多痛苦……

晴人倏地坐了起來，然後看著自己的手掌。自己的身體、自己的本能想要活下去。疼痛訴說著身體的異常，飢餓在呼籲為身體補充營養，拚命對抗死亡。美咲應該也每天希望可以這樣活下去，想到被綁在時間的十字架上拚命掙扎的她，晴人又忍不住落淚。

幾個星期以來，他第一次洗澡。

脫光衣服後，肋骨就像鳥籠，他發現自己的樣子看起來很糟糕，好像老舊傀儡般的外表有一種可怕的感覺。

沖完澡後，他從抽屜裡拿出美咲的信。那天以來，他始終無法打開信，一直放在那裡。他摸著黏了膠水的信封，但至今仍然沒有勇氣碰觸她最後留下的話。

他注視著信封，聽到門鈴聲。他以為是有人上門推銷，所以沒有理會，倒在沙發上。門鈴又響了，而且這次響個不停，按了一次又一次。即使不理會，門外的人似乎也不打算離開。晴人猜想可能是他。

「哪一位……」

他無力地拿起對講機，高梨可怕的聲音立刻振動了耳膜。「喂！朝倉！給我開門！不然我殺了你！」晴人無奈之下，只好去開門，高梨不悅地踹著門說：「既然在家，就給我趕快出來，王八蛋！」一看到晴人的臉，很受不了地嘆了一口氣說：「怎麼一副衰樣！」又接著說：「跟我來一下」，就拉著晴人的襯衫，硬是把他拉出門外。

來到對面的公園，兩個人並肩坐在鞦韆上。高梨看著好像衰老的猴子一樣駝著背的晴人，咂著嘴問：

「你這傢伙還在沮喪嗎？」

高梨先生，你不懂……這句話已經到了喉嚨，但他還是吞了下去。

「你來這裡幹嘛？」

「我嗎？因為澤井先生一直叫我來看看，你突然辭職，他很擔心。問題是為什麼我要來看你，真是麻煩。」

「對不起……」

晴人用幾乎聽不到的聲音道歉，高梨有點尷尬。他閒著無聊，點了一支菸，瞥了晴人一眼問：

「你放棄拍照了嗎？」

晴人無力地點了點頭。

「因為我沒有資格拍照……」

晴人說完，站了起來。

「我先走了。」

他邁著步伐，感受到高梨在背後看著自己。但他沒有理會，還是繼續往前走。

「不要放棄……」

聽到這個聲音，他停了下來。

「不可以放棄。」

回頭一看，高梨眼神銳利地看了過來。

「任何人都沒有資格，應該說，根本不需要這種東西。只要你還想拍照，就絕對不要放棄，否則以後一定會後悔。」

但是，晴人沒有回答。

「不要因為女朋友死了就一蹶不振！我知道很痛苦！因為重要的人死了！但我們攝影師無論遇到任何事，都必須一直拍下去。」

「但是……」晴人用顫抖的聲音小聲嘟噥。

「但是個屁！要拍下去！無論發生任何事都要拍下去！」

「高梨先生……」

「朝倉！你給我拍下去！」

但是我……

「你給我拍！」

他拚命勸說，這番話語中充滿溫柔，簡直難以想像平時整天刁難的他會說這種話。晴人感受到這份情義，忍不住眼眶泛紅。

「還有，」高梨有點不好意思地把手插進牛仔褲的口袋，「記得去向澤井先生道歉，不要讓他一直為你擔心。」

高梨說完這句話就走了。

只剩下一個人時，他仰望天空，發現天空格外耀眼。藍天有一層薄霧，吸收了陽光的雲閃著彩虹的顏色。自己多久沒有像這樣感受到世界的光芒？

高梨的話一直在晴人的內心迴響不已。

幾天後，晴人去了事務所。

因為他認為高梨說得沒錯，他必須好好向澤井道歉。

他一大早推開事務所的門時，澤井還沒有來上班。他正想離開，打算改天再來，聽到裡面傳來真琴的聲音。「朝倉？」晴人尷尬地把頭轉了過去，真琴拉著他的袖子說：「你來得正好！幫我一起做一下準備工作！」

「但是我——」

「別說了，別說了，這裡人手不夠，正在傷腦筋，不然就會趕不上攝影了。」

晴人只好出手幫忙。

不一會兒，澤井走進事務所，晴人想為自己給澤井添麻煩道歉，但澤井說了聲「早安」，就走進了暗房。晴人想要追上去，聽到高梨大叫一聲：「喂，朝倉！」只好停下腳步。

「你趕快把東西搬上車！」

今天晚上再好好向澤井道歉，然後告訴他自己要辭職……

踏進久違的攝影棚，渾身很不自在。緊張的空氣令人懷念，但看到攝影機，還是會感到痛苦。

攝影在晚上七點結束，把器材搬回事務所後，澤井說了聲：「那就交給你了」，打算下班回家，晴人慌忙叫住了他。

在高梨和真琴下班後，他鞠躬向澤井道歉：「對不起，給你添麻煩了。」澤井舉起裝在馬克杯裡的咖啡說：「你瘦了。」

「關於工作的事——」晴人才剛開口，澤井就打斷了他。

「對了，高梨給我看了。」

說完，他拿出晴人在攝影展所展示的作品。晴人感到心痛。那個攝影展傷害了美咲，美咲變成老婆婆的身影閃過腦海。

「很不錯的照片。」

「啊？」晴人忍不住抬起了頭。

「那是融入了願望的好照片。」

「哪有……」

「朝倉，你還記得當初來這裡面試的事嗎？」

「面試？」

「你還記得自己當初說的話嗎？」

「不記得，因為太緊張了……」他搖了搖頭。

「我當時問你，為什麼想要重拾一度放棄的攝影，你當時這麼回答：『我想要為了改變我的人，成為一個出色的攝影師。』老實說，當時我覺得你的回答很幼稚，而且動機也不純潔。」

當時不顧一切地想要成為配得上美咲的男人，因為希望再見到美咲，想要進入這家事務所，所以才會這麼回答。

澤井拿起馬克杯，喝著咖啡，露出了溫和的微笑。

「我一直都從事廣告攝影，一直都告訴自己，要努力拍出大眾看了我的作品，想要買那樣商品的照片，所以從來沒有為某一個人拍照的經驗，甚至從來沒想過要拍這種照片。但在聽了你當時的回答後，我突然感到好奇，不知道像你這樣有很個人動機的人，會拍出怎樣的照片……我想要見識一下。」

「所以才會錄用我嗎？」

「只是沒想到你會這麼常出差錯。」

晴人充滿歉意地低頭看著地面。

「看了這幾張照片，我覺得充滿真心誠意地只為某一個人拍的照片其實也不錯。」

「但是我——」晴人小聲嘀咕，「我不知道自己接下來該怎麼辦……」

美咲是我拍照的理由，我之前只是想成為配得上她的男人，基於這個想法持續攝影工作。和她分手之後，也曾經想要摸索自己的路，但最後還是為了她拍照。我曾經想激發她的勇氣，但我的心願到頭來只是自我滿足而已，非但沒有為美咲帶來勇氣，而且在最後的最後深深傷害了她。她死了，我失去了繼續攝影的資格和理由。

「朝倉——」

澤井靜靜地開了口。

「只有在取景器中才能找到答案。」

「……啊？」

「無論再怎麼掙扎，痛苦得滿地打滾，我們都只能在取景器中尋找答案。」

真琴以前也說過類似的話。

——正因為煩惱，所以才想持續拍下去。因為我相信，經歷這種煩惱、迷惘和痛苦等所有一切，才能拍出自己的作品……

「……我可以繼續拍照嗎？」

「你問我這個問題，我也很傷腦筋啊。」澤井呵呵笑了起來，「但我還想看你的照片。」

澤井拍了拍他的肩膀。

「我想看到你融入了願望的照片。」

澤井離開了，晴人獨自留在事務所內，拿起桌上那些自己的照片。照片中，染井吉野櫻靜靜地佇立在寒冬天空下。那一天，美咲仰望那棵櫻花樹。

天黑之後，風也很溫暖，全身都可以感受到春天的腳步近了。晴人決定從事務所走路回家。

夜晚的井之頭大道沒什麼車，一片寂靜。當不時有車輛經過，撕裂這片寂靜時，輪胎的聲音就會縈繞在耳邊。便利商店的明亮燈光，自動販賣機孤伶伶地佇立在停車場的角落，月光靜靜地照在雲上。晴人走在充滿光的夜晚街頭，回想著澤井說的每一句話。

走到公寓附近時，他停下了腳步。

對面的公園內，花開八分的染井吉野櫻在路燈的燈光下靜靜搖曳。強風吹來，一陣草木摩擦的聲音。他彷彿聽到了美咲的聲音。

——然後我就下定決心，我以後也想讓別人的頭髮變漂亮，我要成為一個讓客人覺得『我真可愛』的美髮師。

美咲曾經在櫻花樹下訴說她的夢想。

她應該想要繼續當美髮師，她應該想繼續精進自己的技術；她應該想要開一家自己的店，讓更多人變漂亮。她之前每天都手拿剪刀，對著假人頭練習到深夜。她說自己不擅長剪短髮，所以拚命練習。雖然曾經因為挨了店長和前輩罵而沮喪，但她仍然努力不懈。相較之下，我卻……美咲如果看到現在的我會說什麼？她一定會很生氣，也覺得很受不了我。她一定會說和那天相同的話。

——別在那裡舉棋不定了，既然這是你的夢想，即使有再大的困難，無論發生什麼事，都要堅持走攝影這條路啊！不要輕言放棄！

櫻花的花瓣在夜風下輕輕飄落，路燈燈光下的淡粉紅色花瓣美麗動人，而且看起來比去年更加虛幻，彷彿在吶喊，不希望這麼快就凋零。

雖然猶豫了很久，但他在那天晚上看了美咲寫給他的信。他認為必須好好面對她留下的最後遺言。當他一拿起信，傷口就一陣疼痛，好像冷風用力吹在傷口上。那一天，沒有發現站在眼前的那個人就是她的罪惡感再度甦醒。但晴人還是打開了信。

然後，他低頭看著她留下的最後遺言。

晴人：

我第一次寫信給你，感覺有點緊張。

我去看了攝影展，謝謝你邀請我。

說句心裡話，我對外出這件事感到很害怕。

我怕被別人看到，我怕意識到自己變老這件事，所以一直都躲在家裡不出門。

但是，你讓我走出了家門。

你讓我想要走出家門。

我難得化了妝，衝到了街上，內心很興奮，好像要去探險。

雖然有點害怕，但答應你的邀請這件事做對了。

因為你的照片太棒了。

這不是因為我是你的女朋友，所以偏心地這麼認為，而是我發自內心這麼覺得。

我們一起走過的四谷櫻花道，一起仰頭欣賞的隅田川煙火，你向我求婚的海邊。能夠再次看到當時和你在一起看到的風景，我真的太高興了。

我一直很害怕時間的流逝。

我一直很害怕自己的外表和身處的狀況不斷改變。

我曾經一次又一次地想，為什麼這種事會發生在我身上？

但是，這個世界上有些事物不會改變……

在你的照片中，我可以和你一樣，仍然是二十四歲。

在你的照片中，我們可以走在櫻花樹下聊各自喜歡的事物，可以躲在煙火下親吻，可以聊一些無關緊要的事，可以和那時候一樣。

我相信和你一起看過的風景，那些日子的回憶，無論有多少時間流逝，都不會改變。過去不會消失，而是會永遠留在心中。這麼一想，就覺得很開心。

晴人……

我很慶幸那天剪掉你的耳垂；也很慶幸你在醫院提出想和我約會；慶幸你又重拾攝影；雖然和你相處的時間不長，但真的很慶幸能夠和你在一起……

你帶給我很多「慶幸」。

你還記得嗎？有一次我幫你剪頭髮時，你曾經對我說——

我很慶幸自己喜歡妳。

我也一樣。

我也很慶幸自己喜歡你。

以後也一樣。

從今以後，我也會永永遠遠喜歡你。

P.S.——

這次最後還是沒有見到一面。

因為我的身體狀況不是很理想，所以看完攝影展就立刻回家了。

所以很期待有一天可以再見面。

到時候希望可以看到你拍的很多很多照片。

因為我是你的頭號粉絲。

希望你以後繼續拍出色的照片。

要拍很多很多。

我會永遠支持你。

晴人　謝謝你。

有明美咲

晴人反覆看了好幾遍，內心痛苦不已，眼淚忍不住流了下來。美咲用顫抖的字寫下的這封信讓人看了心痛，但又格外溫暖。

自己沒有發現那個老婆婆就是美咲，她應該很難過，沒想到她隻字不提這件事，反而試圖鼓勵我。想到她當時的感覺，就覺得自己很沒出息，強烈的後悔在心頭下起了暴雨。

晴人把美咲的信當成寶貝一樣抱在胸前。

我無法原諒自己，以後應該也永遠無法原諒自己。在往後的日子裡，會為傷害了妳，為當時沒有發現妳而後悔不已。

所以，我絕對不會忘記妳，絕對不會忘記妳……

我將帶著對妳的傷害，和妳共度的時光繼續活下去，無論多麼煩惱，無論多麼痛苦，即使痛苦得在地上打滾，我仍然會想著妳繼續攝影。

因為這是活著的我唯一能做的事。

＊

新的春天到來——

某個晴朗的早晨，晴人站在新宿車站南口。

今天，真琴要出發去美國。之前去高尾山時，她曾經提過想從事藝術活動。她似乎一直在和澤井討論這件事，最後決定辭職環遊世界，去拍自己的照片。

晴人站在驗票口附近準備為前往機場的真琴送行，聽到一個響亮的聲音叫他：「朝倉。」回頭一看，看到真琴推著大行李箱走了過來。

「你不用特地來送我。」

「妳那麼照顧我，一定要來送一下。」

「那倒是，我真的很照顧你。」

真琴掩著嘴呵呵笑了起來。

「而且我也有話想要告訴妳。」

「有話要告訴我？」

「真琴姊，妳之前曾經對我說，如果找到自己想拍的照片要告訴妳。」

「有這回事嗎？」

「妳忘了嗎？」

「騙你的，我記得。」

「我覺得好像知道答案了。」

真琴瞇起了眼睛。

「說來聽聽？」

晴人輕輕笑了笑。

「我以後也要繼續為美咲拍照。」

他的表情沒有絲毫的遲疑，真琴輕輕點了點頭。

「雖然美咲看不到我的照片，但我仍然要繼續拍她喜歡的照片，我要成為這樣的攝影師……」

真琴向他伸出右手。

「朝倉，加油。」

晴人笑著握住了她的手。

「謝謝。」

「多保重。」

「真琴姊，妳也多保重。」

真琴說完，走進了驗票口。

晴人仰望天空，覺得今天真是一個晴朗的好天氣……

蔚藍的天空宛如透明，陽光很柔和，風像在唱歌般溫柔，穿長袖都覺得有點冒汗。

他走下甲州街道和緩的坡道，前往新宿御苑。那一天，曾經和美咲走過這條路。

新宿御苑的門口人山人海。

大家應該都來看盛開的櫻花。

晴人搭丸之內線前往四谷。

下了電車，走上通往櫻花道的階梯，盛開的櫻花立刻映入眼簾。在風中搖曳的花宛如在半空中飄浮著淡粉紅色的雲，他忍不住被眼前豔麗的景象吸引。

許多賞花客正在櫻花樹下把酒言歡，看到一如往年的景象，忍不住輕聲嘆氣。

他走在這片歌頌春天的人群中。

來來往往的人都幸福地看著櫻花露出笑容。

晴人邊走邊看向左側。去年的這個時候，美咲走在自己左側。晴人看著空無一人的左側，露出了悲傷的笑容。

他在一棵大櫻花樹前停下腳步。那是美咲曾經仰望的櫻花樹，盛開的櫻花在風中搖曳，宛如在歡笑般綻放，紛飛的櫻花宛如在下雪。

晴人仰望著櫻花，輕輕摸著左耳的耳垂。那是她留下的、已經不再疼痛的傷痕，然後他想起了美咲站在這棵樹下微笑的身影。

她就像是櫻花。笑的時候，就像粉紅色的鮮花綻放般讓周圍的風景也變得明亮。看著她的笑臉，我也會情不自禁地露出笑容。她做事總是一心一意，努力不懈，就像盛開的櫻花，為我的人生增添了色彩。她就是如此完美。

真希望她可以繼續綻放，真希望她不要這麼快就凋謝，真希望可以和她一起欣賞這片櫻花。但是，這已經做不到了，無論在這片春光中如何尋找，都再也找不到她的身影……

所以，每當春天來臨，我就會想起妳；看到這片櫻花，就會想起妳。以後也永遠不會忘記妳。我不會忘記對妳造成的傷害，不會忘記我們共度的時光，還有妳的音容笑貌，和妳的溫柔體貼，全都不會忘記。雖然我沒有妳的照片，但我希望可以永遠把妳烙在心上。

美咲，為了不忘記妳，我會持續攝影……

晴人舉起掛在肩上的尼康F3，看著取景器。

南風吹起淡粉紅色的花瓣，萬里無雲的天空中下起了櫻花雨。

仰望天空的人們臉上都帶著笑容，晴人覺得在人群中看到了美咲的身影，看到了宛如他深愛的、櫻花般的戀人美麗的身影。但是，她並不在這裡，已經到處都找不到她了……

他靜靜地按下了快門，祈禱著美咲可以看到，祈禱著她會喜歡。他慢慢地、充滿真心誠意地按下了快門。

相機發出聲音，剪下眼前的風景。

晴人把沒有美咲的新季節收進了相片。

完

78

我的櫻花戀人　桜のような僕の恋人

我的櫻花戀人 / 宇山佳祐作 ; 王蘊潔譯. -- 二版. --
臺北市 : 春天出版國際, 2021.04
面 ;　公分. -- (春日文庫 ; 78)
譯自 : 桜のような僕の恋人
ISBN 978-957-741-295-9(平裝)

861.57　　　　109013285

ISBN 978-957-741-295-9
Printed in Taiwan

作　　者　宇山佳佑
封面繪圖　LAL!ROLE
譯　　者　王蘊潔
總 編 輯　莊宜勳
主　　編　鍾靈

出 版 者　春天出版國際文化有限公司
地　　址　台北市大安區忠孝東路四段303號4樓之1
電　　話　02-7733-4070
傳　　眞　02-7733-4069
E－mail　story@bookspring.com.tw
網　　址　http://www.bookspring.com.tw
部 落 格　http://blog.pixnet.net/bookspring
郵政帳號　19705538
戶　　名　春天出版國際文化有限公司
法律顧問　蕭顯忠律師事務所
出版日期　二〇二一年四月二版

定　　價　340元

總 經 銷　楨德圖書事業有限公司
地　　址　新北市新店區中興路二段196號8樓
電　　話　02-8919-3186
傳　　眞　02-8914-5524
香港總代理　一代匯集
地　　址　九龍旺角塘尾道64號 龍駒企業大廈10 B&D室
電　　話　852-2783-8102
傳　　眞　852-2396-0050